Anonymos

Das arabische hohe Lied der Liebe, das ist Ibnol Fáridh's Táïjet

Anonymos

Das arabische hohe Lied der Liebe, das ist Ibnol Fáridh's Táïjet

Inktank publishing, 2018

www.inktank-publishing.com

ISBN/EAN: 9783747797709

DAS

ARABISCHE HOHE LIED DER LIEBE

DAS IST

IBNOL FÁRIDH'S TÂÏJET

IN

TEXT UND ÜBERSETZUNG

ZUM ERSTEN MALE

ZUR ERSTEN SÄCULAR-FEIER DER K. K. ORIENTALISCHEN AKADEMIE

HERAUSGEGEBEN

VON

HAMMER-PURGSTALL.

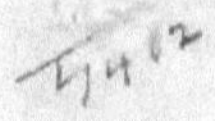

WIEN.
AUS DER KAISERL. KÖNIGL. HOF- UND STAATSDRUCKEREI.
1854.

SEINEM GELIEBTEN FREUNDE

HERRN

Dr. FRIEDR. WILH. CARL UMBREIT,

GEHEIMEM KIRCHENRATHE,

ORDENTLICHEM PROFESSOR DER THEOLOGIE UND PHILOSOPHIE AN DER UNIVERSITÄT ZU HEIDELBERG, RITTER DES GROSSHERZOGLICH BADISCHEN ZÄHRINGER LÖWENORDENS, UND DES HERZOGLICH SÄCHSISCHEN ERNESTINISCHEN HAUSORDENS, MITGLIEDE DER ASIATISCHEN GESELLSCHAFT ZU PARIS, DER DEUTSCH-MORGENLÄNDISCHEN UND DER HISTORISCH-THEOLOGISCHEN GESELLSCHAFT ZU LEIPZIG,

WIDMET

ALS GEGENGABE DER WIDMUNG

DES

HOHEN LIEDES DER HEBRÄER

DIESE ÜBERSETZUNG

DES HOHEN LIEDES DER ARABER

DER HERAUSGEBER.

VORREDE.

Im Beginn des dritten Jahrhunderts der Ḥidschret (dem neunten n. Chr.) loderte die Mystik des Islams das erste Mal in hellen Garben zum Himmel auf. Damals begeisterten die grossen Scheiche Dschoneid, Schebelí und Halládsch Schaaren von Jüngern zum beschaulichen Leben, und der letzte blutete als ein Opfer seiner übel verstandenen Lehre; mit ihm und Dschoneid ging eine ganze Literatur mystischer Werke zu Grunde, deren Titel sich nur in dem Fiḥrist, der ältesten Literaturgeschichte der Araber, erhalten haben. Erst in der zweiten Hälfte des vierten Jahrhunderts der Ḥidschret (des zehnten der christlichen Zeitrechnung) traten die beiden Zeitgenossen, Verfasser zweier Grundwerke moslimischer Mystik, wodurch dieselbe in ein wissenschaftliches System gebracht ward, als die Lehrer wissenschaftlicher moslimischer Mystik auf, der erste der Scheich Mohammed B. Ibráhím el-Ḳelánáwí [1]), gest. 380 (990), der Verfasser des Taárruf, von welchem der Spruch güng und gäbe ist: „Wäre nicht das Taárruf, so wüsste man Nichts vom Tafsawwuf", d. i. vom beschaulichen Leben der Ssofi; der zweite der Scheich Mohammed B. Ålí el-Meḳḳi, gest. 389 (999), der Verfasser des Kút-ol-Kolúb, d. i. der Nahrung der Herzen. Erst ein halbes Jahrhundert später lebte der Imám Koscheirí [2]), der Verfasser der berühmten koscheirischen Abhandlung, welche nach Hádschí Chalfa's

[1]) Hádschí Chalfa, II, 316 (bei Flügel) Ḳelabadi, was in jedem Falle gefehlt, indem es Gülahadi lauten müsste.

[2]) Ebúl Kásim Ábdol-Kerím B. Hewáfin el-Koscheiri, gest. 465 (1072).

Urtheil für den Grundpfeiler der ganzen moslimischen Mystik gilt; im folgenden Jahrhunderte, dem sechsten der Ḥidschret, lebte der grösste mystische Dichter der Araber, Ómer B. Álí B. el-Fáridh el-Hamawí, d. i. der von Hama aus Syrien Gebürtige, der Verfasser eines rein mystischen Diwans und zweier aus dem Buchstaben Tá gereimter Kafsídete, wovon die eine, die kleine Táíjé, nur hundert, die andere aber, die grosse, siebenhundert ein und sechzig Distichen stark. Ehe wir auf ihn, diesen einzigen grossen mystischen Dichter der Araber, wieder zurückkommen, nennen wir noch die späteren Pole arabischer und persischer Mystik, nämlich im siebenten Jahrhunderte den grossen Scheich Schihábeddín Ómer Suhrwerdí, gest. im Jahre 632 (1234), den Verfasser des Áwárif-ol-Maärif, d. i. die Kunden der Kenntnisse, und den Spanier Mohijeddín Ibn-ol-Árebí, gest. im Jahre 638 (1240), der letzte der Verfasser von einigen dreissig Werken [1]), deren berühmteste die Siegelringsteine und die mekḳanischen Eröffnungen sind, die letzten allein zwölf Bände stark. Erst nach diesen neun grossen arabischen Mystikern stand die grosse Trias der persischen auf, nämlich der Dichter des Mesnewí [2]), Dscheláleddín Rúmí, gest. i. J. 672 (1273), Mahmúd von Schebister, gest. i. J. 720 (1320), der Verfasser des Gülscheni Ráf, d. i. des Rosenflores [3]) des Geheimnisses, und der Scheich

[1]) Aufgezählt in den Erläuterungen zum II. Bande der Geschichte des osmanischen Reiches. S. 657—659.

[2]) Siehe den Bericht über den zu Kairo i. J. d. Ḥ. 1251 (1835) in sechs Foliobänden erschienenen türkischen Commentar des Mesnewí Dscheláleddín Rúmí's im October-, November- und December-Hefte des Jahrganges 1851 der Sitzungsberichte der philos.-histor. Classe der kais. Akademie der Wissenschaften, S. 17.

[3]) Mahmúd Schebisterí's Rosenflor des Geheimnisses, Persisch und Deutsch, mit der Liste eines halben Hunderts der berühmtesten mystischen Werke. Wien 1838. 4. Der verdeutschte Rosenflor des Geheimnisses, die hier übersetzte Táíjé und die in den Sitzungsberichten der kais. Akademie gegebenen Auszüge aus dem Mesnewí genügen zu einem richtigen Begriffe der moslimischen Mystik, bis dieselbe, wie die christliche, ihren Geschichtschreiber in einem zweiten Noack erhält.

Áththár, gest. i. J. 732 (1331), der Verfasser vieler mystischer Gedichte, deren berühmtestes die Vögelgespräche sind.

Was die Türken hierin an Commentaren, Uebersetzungen und Nachahmungen geliefert haben, ist nicht erwähnenswerth. Im Gebiete der Poesie ist Ibn-ol-Fáridh, der mystische Dichter der Araber, der einzige derselben, der als Dichter freilich nicht gleichen Rang mit Dscheláleddín Rúmí, dem grössten mystischen Dichter aller Zeiten und Völker, ansprechen kann, der aber nicht nur ein ganzes Jahrhundert früher als Dscheláleddín Rúmí lebte, sondern dessen Gedicht auch von einer ganz anderen Art ist als das Mesnewí Dscheláleddín Rúmí's. Dieses entbehrt eines eigentlichen Planes und hätte, wenn der Verfasser länger gelebt hätte, noch durch mehrere Bände auf dieselbe Weise, welche Philosopheme und Fabeln, Erzählungen und Aussprüche der Weisheit bunt durcheinander mischt und von Einem zum Anderen abspringt, fortgesetzt werden können; die Táíjé hingegen ist eine regelmässige Kafsídet, in welcher das System göttlicher Liebe nach der Lehre der Ssofi vorgetragen, und wenn nicht immer klar erklärt, doch wenigstens im dichterischen Halbdunkel aufgehellt wird.

Dieses Dunkel ist selbst für sprachkundige Araber so gross, dass ohne Hülfe von Commentaren, von denen Hádschí Chalfa ein Dutzend aufzählt [1]), die Táíjé selbst Orientalisten unverständlich bleiben würde; der Mangel an guten Handschriften und Commentaren mag wohl die Hauptursache sein, warum, während die Moállaḳát in

---

[1]) 1. Áfifeddín Suleiman B. Álí et-Tilemisaní, gest. 690 (1291); 2. es-Sa'íd Mohammed B. Ahmed el-Ferghúní, gest. 700 (1300); 3. Iſjeddin Mahmúd Nafirí el-Ḳaschí, gest. 735 (1334); 4. der Richter Sirádscheddín Ebú Haffs 'Omer B. Isháḳ Ḥindí, gest. 773 (1371); 5. der Scheich Scherefeddín Daúd B. Mahmúd von Kaifsarijé; 6. Ábdorrefák el-Ḳáschání; 7. Sadreddín Álí el-Isfáhání, gest. 836 (1432); 8. der Scheich Álí B. Áthijét el-Hamawí, berühmt als Álwán, gest. 922 (1516); 9. der Scheich Sein-ol-Áábidín Mohammed B. Ábd-er-Ra'úf (nicht Rawuf, wie bei Flügel II, 87) el-Monawí el-Mifsrí, gest. 1022 (1613); 10. der Scheich Isma'íl von Angora, der Commentator des Mesnewí, gest. 1032 (1622); 11. der Mola Ma'rúf, Richter zu Kairo; 12. Schemseddín Mohammed Bosátí.

Europa so viele Herausgeber und Uebersetzer gefunden, sich auch nicht ein einziger Orientalist an die Uebersetzung oder Herausgabe der Táíjé gewagt hat, selbst der grosse arabische Sprachgelehrte Silvestre de Saçy im dritten Bande seiner „Chrestomathie arabe" nur einige siebzig Distichen des Diwans, und Hr. Grangeret de la Grange aber in seiner Anthologie nur fünf Gedichte aus demselben aufgenommen hat, ohne von der Táíjet, sei es von der grossen, sei es von der kleinen, die geringste Kunde zu geben. Und doch ist die grosse Táíjé das hohe Lied der mystischen Liebe der Araber, welches, wenn es an Naturpoesie dem hohen Liede der Hebräer auch sehr ferne steht, dasselbe an Symbolik und Mystik bei weitem übertrifft, indem schon der Verfasser den mystischen Sinn hineingelegt hat, der bei dem hohen Liede der Hebräer erst in der frühesten Zeit der christlichen Kirche und später im sechzehnten Jahrhundert unserer Zeitrechnung vom spanischen Dichter Luis de Leon [1]) hineingetragen worden ist.

Die schon von Pascal und Le Maistre gemachte Bemerkung, dass weder Griechen noch Römer mit dem Gedanken, dass das Geschöpf den Schöpfer, der Mensch Gott lieben könne, vertraut waren, diese eben so wahre als scharfsinnige Bemerkung hat Letronne noch in seiner letzten, für die Denkschriften der französischen Akademie geschriebenen Abhandlung aus den Namen der alten Griechen bestätigt, in welchen wohl der von Gott geliebte Theophilos, aber keineswegs der Gott liebende Philotheos vorkömmt. Dieser Aufschwung des Geistes zu Gott durch das edelste und innigste aller Gefühle, durch die Blüthe und Sahne derselben, durch die Liebe, welche dem Griechen und Römer fremd geblieben, war schon von der ältesten Zeit her dem Morgenländer in's Herz geschrieben und findet sich nicht nur bei den Indern, sondern auch bei den Hebräern. Auch bei den

[1]) „La exposicion del Cantar de Cantares de Salomon," und „el Cantar de Cantares en octava rima, Obras del M. Fr. Luis de Leon," Madrid 1806, 8. Tom. V.

Römern hatten Fides, Spes und Caritas ihre Altäre und Tempel, aber dieselben hatten als Treue im Handel und Wandel, als Hoffnung für die Wechselfälle des irdischen Lebens und als allgemeine Menschenliebe ganz anderen Sinn, als diese drei Namen später durch das Christenthum als Glaube, Hoffnung und Liebe erhalten haben. Erst als die Palme des Christenthums hoch zum Himmel emporschoss, entfaltete sich auch auf dem Gipfel derselben der Palmenkohl der göttlichen Liebe in dem Sinne des heiligen Augustin, dem später die Mystiker des Mittelalters, der englische und seraphinische Doctor, im siebzehnten Jahrhunderte Fenelon und die Guyon als ihrem Vorbild folgten. Dass den Hebräern der Mysticismus nicht fremd blieb, beweisen zur Genüge die Sefirot der Kabbala, aber den allegorischen und mystischen Sinn des hohen Liedes hat erst das Christenthum hineingelegt, während der Dichter desselben, sei es nun Salomon oder ein Zeit- und Geistgenosse des Verfassers des Buches Job gewesen, damit wahrscheinlich nichts anderes als den Ausdruck der zärtlichsten brennendsten sinnlichen Liebe bezweckte.

Die Táíjé, d. i. die aus dem Tá (T) gereimte Kafsídet Ibn-ol-Fáridh's, verdient den Namen des hohen Liedes der Araber, wenn unter diesem Titel nur die göttliche und mystische Liebe vorzugsweise verstanden wird, nicht nur in weit höherem Grade als die Bhagavad-Gita, sondern selbst als das hohe Lied der Hebräer. Weit davon entfernt, mit diesem gleichen Rang als Werk der Poesie anzusprechen, bewährt sich die Táíjé vom ersten bis zum letzten Distichon durchaus als mystisches Gedicht von der göttlichen Liebe, während es bei dem hebräischen hohen Liede doch noch immer sehr zweifelhaft bleibt, ob der Verfasser wirklich etwas Anderes als ein hohes Lied von der Einzigen im Sinne Bürger's gemeint hat. Selbst Delizsch, ein strenggläubiger, gelehrter und geistvoller Professor der lutherischen Theologie in Erlangen, gibt die natürlich-erotische Erklärung des hohen Liedes zu, und während er die allegorische entschieden verwirft, will er die mystische nur als eine dem praktischen Ausleger gestattete betrachtet wissen: er findet in dem Liede der Lieder das Mysterium der Ehe, aber nicht im Bewusstsein des Dichters.

Damit der Abendländer das hohe Lied des Arabers aus dem wahren, seinen gewöhnlichen Begriffen ganz ferne liegendem Gesichtspunkte beurtheile, thun ausser der vorläufigen Inhaltsanzeige noch ein paar Worte über den Geist und die Ansicht des Arabers Noth, welche von denen des Europäers so verschieden sind. Der morgenländische Dichter nimmt es als allgemein bekannt an, dass die Liebe zu Gott keinen schöneren, wahreren und innigeren Ausdruck findet, als den des Gefühles, welches die höchste Schönheit des Leibes und der Seele einflösst; er gibt sich nicht einmal die Mühe, das sinnliche Bild von dem vorgestellten übersinnlichen zu trennen, ihm sind beide nur Eines und er springt ohne allen Uebergang beständig vom Sinnlichen zum Uebersinnlichen und von diesem zu jenem über, indem ihm Beides nur Eines ist. Diese Uebersprünge wechseln durch das ganze Gedicht ab; als Beispiel wollen wir hier nur einen der auffallendsten in den beiden folgenden Distichen hervorheben.

In dem ersten ist der Gott liebende Mystiker so sehr mit dem Gegenstande seiner Liebe vereint, dass er, wenn er betet, in Gottes Namen seinen eigenen zu hören wähnt, und dass die Sinne, alles Genusses entwöhnt, den Flug in höhere Sphären nehmen; während der Leser nun im folgenden Distichon die Entwickelung dieses Gedankens erwartet, springt dasselbe mitten in die Sinnlichkeit hinein, wodurch das vorhergehende übersinnliche Distichon nur besser erklärt werden soll:

In dem Gebete hört' ich meinen eignen Namen,
Die Sinne abgespannt den Flug den höchsten nahmen.
Indem die Glieder ich an Ihrem Leib erwarmt,
Hab' ich mein eig'nes Ich an Ihrem Ich umarmt. (329, 330)

Wenn den abendländischen Leser dieser Uebergang von Gott zu der in eine Sie verkörperten höchsten Schönheit nothwendig befremdet (es sei denn, dass er sich darunter die Natur, die Isis der Aegypter oder die Göttinn von Ephesus denke), so befremdet diese Sie auch morgenländische Commentatoren, doch in einem ganz anderen Sinne und aus ganz anderen Gründen als den Abendländer; sie finden Nichts wider die Verwechslung Gottes mit dem Ideale menschlicher Schönheit einzuwenden, nur meinen sie, sollte diese keine weibliche, sondern eine männliche sein [1]). Nach diesen nothwendigsten Meilenzeigern durch das Europäern so fremde Gebiet des orientalischen Mysticismus geben wir ihnen die folgende Inhalts-Anzeige des Gedichtes als Reisekarte mit.

Das erste Distichon der Táíjé ist eben so merkwürdig als das letzte, und sie verdienen beide besondere Besprechung, um so mehr, als ohne dieselbe wenigstens das erste abendländischen Lesern seltsam und unverständlich dünken möchte:

Mich tränkt mit Liebeswein des vollen Auges Hand,
Der Becher das Gesicht, das über Schönheit stand. (1)

Die hohle Hand (Ráhat) des vollen Auges (Moklet), die den Wein der Liebe aus dem Becher des Gesichtes einschenkt, ist freilich ein höchst kühnes und abendländischen Dichtern nicht zuzumuthendes Bild, aber abendländische Leser werden sich mit der Hand des Auges befreunden, wenn sie sich aus den Bildern der Hieroglyphen des bisher noch unerklärten Bildes der Sonne mit vielen Händen erinnern. Diese bisher noch unentzifferte Hieroglyphe findet ihre beste Erklärung in der Bildersprache arabischer Dichter, welche die Strahlen der Sonne als die Hände derselben vorstellen. Wenn die Strahlen der Sonne durch Hände vorgestellt werden, so kann dies wohl auch von den Strahlen

---

[1]) Plures locos improbabant, quales sunt usus pronominis foeminini generis de Deo. Hádschí Chalfa Lexicon bibliographicum et encyclopaedicum, ed. G. Flügel II. 88.

des Auges gestattet sein, und nach dieser Erklärung kann die Hand des Auges nicht mehr befremden; der Becher ist das Gesicht, aber wessen Gesicht? Das Gesicht Dessen, der über alle Schönheit steht, nämlich Gottes, dessen Liebe bald unter sinnlichen Bildern, bald unter übersinnlichen Ideen der Gegenstand der ganzen Kaſsidet ist. Bekannt ist das Gesetz orientalischer Lyrik, dass der Dichter am Schlusse des Gedichtes zu seinem eigenen Lobe übergeht; dieses ist hier in dem Schluss-Distichon enthalten:

Es trinken nur den Rest von mir die Zeitgenossen,
Das Treffliche vor mir ist von mir ausgeflossen. (761)

Alles was die Mystiker Zeitgenossen des Verfassers in Verse und Prose über Mystik geschrieben und gedichtet haben mögen, ist also nur die Hefen seines Weines, der Rest seines Trankes. und was vor ihm grosse Mystiker oder (wie die Commentare erläutern) Heilige und Propheten von der Liebe Gottes Treffliches gesagt haben, ist von ihm ausgeflossen, weil es schon von ewig her dagewesen.

Nachdem wir den Leser durch die Erklärung des ersten und letzten Distichons auf die Polhöhe der Ansichten des Dichters gestellt, wird jener uns so leichter in der Erklärung des vom letzten befolgten Ganges, oder vielmehr der unerwarteten Wendungen des kühnen Fluges östlicher Phantasie folgen können.

Wiewohl aus dem ganzen Gedichte hervorgeht, dass der Dichter die einzelnen Theile desselben nicht nach dem wohlgegliederten Plane eines organischen Ganzen ausarbeitete, sondern den Nachen desselben frei auf dem Strome lyrischer und mystischer Begeisterung treiben liess, so erwähnt er doch schon im dritten Distichon die Eigenschaften Gottes, welche, durch Namen ausgedrückt, den Mystiker zur Erkenntniss Gottes führen, welche das Ziel des beschaulichen Lebens sind, und welche also auch erst am Ende desselben ausführlicher erwähnt werden: das Gedicht beginnt mit dem Bilde des Liebesrausches und geht dann sogleich zur Sprache sinnlicher Liebe über:

Ich schloss Ihr auf das Herz, mich störten Wächter nicht,
Es dauerte die Lust, die Einsamkeit war Licht. (6)

Die Fluth der Thränen, der Brand der Seufzer verrathen die Lust und das Weh der Liebe:

Die Thrän' schwätzt aus die Lust, der Brand des Herzens Weh',
Denn dies die Uebel sind, woran zu Grund' ich geh'. (13)

Der Nebenbuhler, welcher in der Folge des Gedichtes durch die zwei Personen des Spähers und des Verschwärzers ersetzt wird, tritt auf:

Der Nebenbuhler gab alsdann dem Stamm die Kunde
Von meinem äuss'ren Sein und meinem inn'ren Bunde. (25)

Die innere Krankheit, welche bisher verborgen war, äussert sich:

Die Krankheit, welche ich verborgen, kam zu Tage;
Gar seltsam ist die Lust und wahrer Liebe Lage! (30).

Die Heilung davon ist nur der Tod, welcher sonst durch die Heilung abgewehrt wird, (37) der Liebende erträgt geduldig (46) Qual und Plagen, (48) und geht dann auf den Zwiespalt des Guten und Bösen in der Welt über, wovon jenes von Ewigkeit, dieses nur in der Zeit entstanden (51) ist, ein Werk des gefallenen Engels Iblís. (53)

Die Kraft, das Böse zu erdulden, findet der Liebende nur in der Schönheit:

Doch Deine Schönheit gab mir Stärke zu erdulden
Was Du aufladest mir ohn' eigenes Verschulden. (56)

Der Unterschied zwischen Liebe und Freundschaft wird hervorgehoben. (60, 61) Es folgen Ausdrücke der Zärtlichkeit, welche der höchsten Ritterlichkeit und jedem Liebeshofe Ehre machen würden:

Wenn anderer Gedank' als Du mir wäre werth,
So wäre ich dadurch abtrünnig schon erklärt.
Denn mir ist dies Befehl: thu' was Du willst mit mir,
Denn ich verlange nur nach Dir und Nichts von Dir. (66, 67)

Nun folgt der Liebesschwur: Beim ewigen Vertrag der Seelen, vor Erschaffung der Welt.

Die nicht zu lobende Vorliebe des Dichters für Wortspiele und Gegensätze, welche sich schon von Anfang des Gedichtes äussert und bis an das Ende desselben fortdauert, lässt sich manchmal auch im Deutschen sehr deutlich wiedergeben:

Genuss, den höchsten, wirst, heil heil du nicht erwerben,
Wenn du aufrichtig bist, haha! so musst du sterben. (101)

Der wahre Liebende suchet Nichts als den Tod aus Liebe:

Den Tod aus Liebe ich fürwahr nicht fürcht' und scheue,
Ich suche meinen Ruhm in der Natur der Treue;
Ich wäre stolz, spräch' man: er ist aus Lieb' gegangen,
Der Tod aus Liebe ist mein einziges Verlangen.
Auch ohne den Genuss sei mir das Sterben werth,
Wenn meine Liebe sich für Dich dadurch bewährt.
Gehör' ich Dir nicht an, so setz' ich Ruhm darein,
Nur im Verdacht, dass ich Dein Liebender, zu sein. (104—107)

In demselben Geiste zarter und ritterlicher Liebe erleidet der Liebende das Märtyrerthum der Liebe. (108 u. f.)

Die Liebe findet ihren Wunsch im Geheimnisse:

Ich hüte mich davor Geheimniss zu erwähnen,
Desselben Ausdruck liegt im Worte meiner Thränen. (131)

Nun folgt der Kampf zwischen sinnlicher Begierde und Vernunft:

Ich wende ab, wenn er auch flieget hoch, den Blick,
Die ausgestreckte Hand, ich ziehe sie zurück.
Nach ihr strebt jedes Glied mit brennendem Verlangen,
Doch Würde scheuet es zurück mit Furcht und Bangen. (139. 140)

Die Geliebte ist die Kibla und der Imam des Liebenden, das Gebet und der Angebetete zugleich:

Die Wahrheit geht voran, die Menschen folgen mir,
Wohin ich wende mich, so wend' ich mich zu Ihr. (148)
Ich bete nur zu Ihr auf der geweihten Stäte,
Ich selbst der Gegenstand von ihrem Wunschgebete. (152)

Die Liebe ward dem Liebenden von Ewigkeit her eingegeben. (156—167) Er opfert Ihr sich und das andere Leben, um erhört zu werden:

Ich rechnete auf Sie und nahte mit Begier,
Doch ich begehrte Nichts, als mich zu nähern Ihr.
Ich opferte Ihr auf in Eil das andre Leben,
Vielleicht, dass mir hierdurch Erhörung wird gegeben. (168, 169)

Hierauf beginnen Lehren für den Liebenden und das Gedicht wird rein paränetisch. (175—201) Die Ergebung in den Willen der Geliebten ist der Uebergang zur Einswerdung mit derselben:

Auf diese Art beginn' ich Eins mit Ihr zu werden,
End' in Erniedrigung des Hohen auf der Erden. (209)

Der Körper geht auf in der Eigenschaft. (212) Der Ausdruck der Sprache für diese Einswerdung ist das trauliche Du:

Wir sprechen Du auf Du, ich bin dadurch erhöht
Weit über andre Schaar, die ferne von Ihr steht. (218)

Der Schleier oder das Kleid des Leibes muss aufgerollt werden, um die Zweiheit in Einheit zu verwandeln:

Und als der Schleier ward verklärend aufgerollt,
Da ward vom Aug' dem Aug' Erfrischung erst gezollt. (234)

Der Dichter fällt nun wieder in den homiletischen Ton: (238)

Lass freien Lauf dem Sinn für das, was ewig schön,
Bleib nicht gebunden bei dem falschen Schmucke steh'n.
Des Liebenswürd'gen Reiz nur aus der Schönheit stammt,
Der eignen nicht, aus der die ausgelieh'ne flammt. (241, 242)

Nun werden die berühmtesten arabischen Liebespaare erwähnt, die alle nur ein schwaches Abbild des Ideales der Liebe Gottes sind, die von ewig her dagewesen:

Die Liebe Jedes war an Eigenschaft gebunden,
An ewige, die er im Liebchen nur gefunden.
Was war dies anders als der Schönheit Ideal,
Das ihnen sich verklärt in ihrem Liebesstrahl. (244, 245)

Ein jeder Held war ich und die Geliebte Sie,
Die Namen sind nur Kleid, das mich getäuschet nie. (261)
So bin ich immer Eins mit Ihr, dem Schatz gewesen,
Mein Wesen liebte ich in der Geliebten Wesen. (263)

Der Liebende huldigt nicht aus Furcht und Hoffnung. (265) Er kehrt bloss, um allen Aerger zu vermeiden, zur Frömmigkeit zurück. (268) Er liebt die Enthaltsamkeit und die Einsamkeit, um die Seele zu reinigen. (269) Er hält sich an den Koran und an die Sunna: (285)

Ich gab der Wissenschaft enthüllt' Geheimniss dir.
Betritt den rechten Pfad, in Allem folge mir.
Hier ist der volle Quell, der reich zum Trunke fliesst,
Gib Wasserspieg'lung auf, die nur im Thal, das wüst. (286. 287)

Es folgen dann Lehren der Weisheit und der Tugend, die zu Gott führen:

Die Wissenschaft nur Eins mit Gott zu sein ergeben:
Entziehe dich der Schaar, die anders sucht zu leben. (301)

Die Natur ist nur der Ausfluss des Wesens Gottes:

Des Geistes Geist, mein Geist und Alles was du siehst
In der Natur, der Ausfluss meines Wesens ist. (313)

Der Dichter geht dann vom paränetischen Tone zum prophetischen über, indem er Gott selbst sprechen lässt:

Ich bin beschreibungslos, Beschreibung ist nur Form,
Der Nam' und Zunam' auch; Symbolik sei die Norm. (325)

geht aber im nächsten Distichon sogleich wieder zum didaktischen über:

Vom Grade: ich bin Sie, bist du nun aufgestiegen
Zur Stufe: ich bin Ich, und wirst nun weiter fliegen
Zur inn'ren Weisheit, die im Dienst des Herrn besteht,
Durch äuss'res Gebot Einswerdung dann ersteht. (326. 327)

Der Dichter belehrt nun den Leser, dass Alles, was er von der Liebe zur Schönheit sagt, nur von der Liebe Gottes zu verstehen sei:

Mein Gruss an Sie, derselb' ist allegorisch.
Der kommt von mir zu mir und ist nicht metaphorisch. (333)

Er schaltet nun ein besonderes Gedicht von zwei und fünfzig Distichen ein, (334—385) dessen besonderer Zweck, nämlich der Preis der Schönheit, erst in den letzten fünf Distichen klar wird. Der Nebenbuhler tritt jetzt als Verschwärzer und Tadler auf. (389 u. 390)

Die mystische Versammlung und Zerstreuung wird erklärt:

Ein jedes Glied von Ihr versammelt den Zerstreuten,
Ein jedes Haar von Ihr zerstreut den ihr Geweihten (417).

Dann kömmt der mystische Reigen (Simâå), durch welchen die Seele bald in den Zustand ihres ersten Bewusstseins des Vertrages mit Gott versetzt wird, bald wie in den letzten Zügen liegend zu ihrem Schöpfer zurückkehrt:

Der Reigen zeigt das Bild der mystischen Begeistrung,
Es stellet fest der Tanz die eigene Bemeistrung,
Das Kind sehnt sich nach dem, der koset ihm zur Hand,
Damit es fliege auf in's erste Vaterland.
Beruhigt wird in ihm die geist'ge Aufregung,
Sobald die Amme bringt die Wiege in Bewegung. (434—436)

Nun folgen rein moslimische Religionspflichten, wie der Umgang um die Kâba, und Worte des Propheten, von welchen der Dichter wieder zur Lichtlehre zurückkehrt:

Der Orient des Lichts ist Glanz von meiner Flur,
Auf meinen Pfaden ist das Weltmeer Tropfen nur. (467)

Als die Engel (wie es im Koran heisst) sich vor Adam niederwarfen und denselben anbeteten, beteten sie in Adam nur den Mystiker an:

Ich sah Anbetende, die traten mir voran,
Die Engel beteten in mir den Adam an. (476)

Die Vernunft ist mit der Schönheit im Streite und der Anblick derselben ist der Seele nur möglich, wenn sie sich von dem Kleide (dem Leibe) befreit:

Und als der Liebe Kleid als Vorhang aufgezogen,
War das Geheimniss auch von dem Gebot entflogen. (525)

Indem die Glieder ich an Ihrem Leib erwarmt,
Hab' ich mein eig'nes Ich an Ihrem Ich umarmt. (530)

Das Gedicht geht nun zu den Namen und Eigenschaften über:

Nothwendig sind der Nam', der Eigenschaften Spuren
Zur Wissenschaft der Welt, zur Kenntniss der Naturen. (543)
Der Eigenschaften Sinn steht ausserm Körper fest,
Der Namen Werth sich nicht durch Sinn bestimmen lässt. (548)

Alle Sinne sind nur Einer und bei dem vollkommenen Mystiker vertritt Ein Sinn die Stelle von allen anderen:

Das Aug' hat Tastsinn nun, das Aug' vertritt die Zungen,
Es spricht das Ohr, zu hören ist's der Hand gelungen. (580)

Der Mystiker oder vielmehr Gott, mit dem er Eins ist, lobt das Leben der Welt in allen Elementen:

Was in den Lüften fliegt, was auf dem Wasser schwimmt,
Was in dem Feuer brennt, wird nur durch mich bestimmt. (590)

Die nächsten dreissig Distichen enthalten eine sehr künstliche, aber sehr unnütze Spielerei von vier Wörtern, welche in einem Distichon gleich klingen und welche sich alle auf die Namen und Eigenschaften beziehen; diese Spielerei kehrt eilfmal wieder, also in Allem vier und vierzig Wörter. Der mit Gott Eins gewordene Mystiker ist Alles in Allem:

Kein Sprechender, der nicht mit meinem Worte spricht,
Kein Schauender, der durch mein Auge sähe nicht,
Kein Hörender, der nicht vernähme durch mein Ohr,
Und kein Gewalt'ger, dem ich nicht stände vor. (640, 641)

Nach der Erwähnung der vier Stufen der Seelenwanderung, Nesch, von einem menschlichen Körper in den anderen, Mesch, in einen thierischen, Fesch, in eine Pflanze, Resch, in einen Stein, (653, 654) erinnert der Dichter den Leser, dass er nur in Gleichnissen spreche wie Harírí in den Makámát. (656) Die nächsten zwanzig Distichen sind der Erklärung der Wissenschaften geweiht.

Er versteht die Sprache der Vögel und der Thiere:

Du wunderst dich des Tons, du wunderst dich der Sprache,
Wie sich in fremder Zung' das Thier verständlich mache. (686)

Dies ist der Uebergang zu einer kurzen Beschreibung menschlicher Thätigkeit in allen Zweigen und Zuständen, im Kriege und Frieden, zu Land und zur See:

Es kommen die Kameel' aus Wüsten hergezogen,
Es gehen in dem Meer die Schiff' einher auf Wogen. (687)

Besonders merkwürdig ist in der Beschreibung des Krieges der Vers, welcher das im Wasser brennende griechische oder vielmehr chinesische Feuer beschreibt:

Die einen sind versenkt in ihrer Pfeile Gluth,
Mit Flamme, bläulicher, die brennet in der Fluth. (693)

Und nach vollendeter Beschreibung die daraus gezogene Lehre:

Das was du hier geseh'n, ist Eine Handlung nur,
In mannigfacher Form verdeckt von der Natur.
Ziehst du den Vorhang weg, so siehst du Andres nicht,
Die Formen zeigen sich dir all' in Einem Licht. (704, 705)

Alles dies ist nur Gaukelei und Vorspiegelung der Sinne, in den verschiedenen Formen ist nur Ein Sinn, und in den verschiedenen Arten Gott zu verehren nur Eine Religion:

Nicht alle Völker sind's, die in der Ansicht schwanken,
Nicht jede Seele irrt im Felde der Gedanken.
Der Sonnanbeter liebt das Licht der Sonn' am Morgen,
Und er verehrt sie, wann im Westen sie geborgen.
Des Magiers Feuer war (so ist's auf uns gekommen),
Durch mehr als tausend Jahr auf dem Altar entglommen.
Sie wollten doch nur Mich und keinen andern noch,
Und äusserten sie's nicht, so war's die Absicht doch. (738, 741)

Der Dichter kehrt dann wieder zu Gottes Namen zurück:

Durch Gottes Namen geht der Menschen Thun und Lassen,
Die Weisheit schreibet vor das was zu thun und lassen. (745)

Geleitet werden sie hier durch Beschlüsse zwei,
Durch Griff, der selig macht und der vermaledei. (746)

Durch das letzte Distichon fällt der Dichter der moslimischen Lehre heim, wodurch der Mensch von Ewigkeit her zur Seligkeit oder Verdammniss bestimmt ist; der Dichter vergleicht sich nun mit Moses, der im heiligen Thale Thuwa, das im 12. Verse der XX. Sure genannt wird, und dem noch kein Reisender am Sinai nachgefragt hat, die Schuhe auszog, um sich dem Heiligsten zu nähern, er bedarf anderes Mondes und anderer Sonne nicht:

Nicht untergeht mein Mond und meine Sonne nicht.
Die Sterne haben all' von meinem nur ihr Licht,
Des Himmels Sterne geh'n nur ihres Laufes Bahn
Durch mich, und meine Engel beten mich nur an. (757, 758)

Und zum Schlusse ruft der Dichter die Hörer oder Leser auf:

Auf! Auf! zur ewigen Versammelung der Geister,
In welcher kleine Kinder sind die grauen Meister.
Es trinken nur den Rest von mir die Zeitgenossen,
Das Treffliche vor mir ist von mir ausgeflossen. (760, 761)

Das letzte schon oben erwähnte Distichon, womit das erhabene Gedicht schliesst, in welchem der Dichter alle Gedichte seiner Zeitgenossen als Hefen und das seinige allein als reinen Wein ansieht, und wodurch er alles Treffliche, das vor ihm da gewesen, als von ihm ausgeflossen erklärt, ist des Sängers nicht unwürdig, der in göttlicher Begeisterung das erhabenste Gedicht ausgemeisselt hat, das in den Literaturen des Orients und Occidents stets einzig in seiner Art bleiben wird.

Lebensbeschreibung Ibn-ol-Fáridh's.

Ebú Haffs (oder auch Ebúl-Kásim) Ómer B. Ebíl-Hasan Álí B. el-Morschid B. Álí el-Hamawí el-Mifsrí, berühmt als Ibn-ol-Fáridh, d. i. der Sohn des Erbtheilers [1]), mit dem Ehrennamen esch-scheref, d. i. der Adel, stammte aus einer in Hama ansässigen Familie. Besser als der Ehrenname der Adel, den er vermuthlich dem Adel seiner Gesinnungen dankte, schildert ihn der zweite Ehrenname Sultan-ol-Óschák, d. i. der Sultan der Liebenden [2]) (Gottes); diesen zweiten Ehrennamen verdiente er durch seinen mystischen Diwan, von welchem die Táíjé das berühmteste der mystischen Gedichte der Araber ist. Der Diwan wurde weder von ihm selbst, noch von seinem Sohne, dem Scheich Ķemáleddín, sondern erst von seinem mütterlichen Enkel Álí gesammelt [3]). Der Enkel Álí gibt die folgende Personalbeschreibung seines Grossvaters: „Er war von mittlerer Statur, wohlgebildetem, rothgefärbtem Gesichte, dessen Röthe jedesmal, wenn er zuhörte oder begeistert war, höher stieg, in diesem Zustande überlief ihn der Schweiss am ganzen Leibe, so dass derselbe unter seinen Füssen auf die Erde rann. Ich habe

---

[1]) Der Kamús gibt keine andere Erklärung des Wortes el-Fáridh; Ibn Challiķán sagt, dass el-Fáradh den Mann bedeute, welcher den Weibern den ihnen zugehörigen Antheil zuschreibt, dies ist vielleicht die engere Bedeutung von el-Fáridh, und daher die von Ibn Challiķán angegebene Aussprache kein Fehler, wie Freiherr M. G. v. Slane (Ibn Khallikans biographical dictionary II. B., p. 390) meint.

[2]) Uri bibliothecae Bodleianae catalogus pag. 255 und Nicoll pag. 706.

[3]) Flügel Nr. 5199, wo aber der zweite Name Álí fehlt, und überdies die Uebersetzung a filio Scheikhi unrichtig ist, indem es a filio Scheikho heissen sollte, indem der Scheich Ķemáleddín, der Sohn Ibn-ol-Fáridh's, der Besitzer der Gedichte war, und nicht der Sohn Ķemáleddín's; Silvestre de Saçy (Chrestomathie III) und Mr. Grangeret de la Grange nennen den mütterlichen Enkel Ibn-ol-Fáridh's bloss l'un des disciples de l'ordre de ce poëte. Ibn-ol-Fáridh war kein Ordensstifter und Álí sein mütterlicher Enkel.

unter den Arabern und Persern nie einen schöneren Mann gesehen und ähnle ihm sehr in den Gesichtszügen, seine Würde verbreitete in allen Kreisen Ruhe; Fakíḥe und Fakíre, Grosse und Emíre, Richter und Wesíre sprachen ihn mit Ehrfurcht an, als ob sie zu einem grossen Könige sprächen. Wenn er auf der Gasse erschien, drängte sich das Volk an ihn, um ihm die Hand zu küssen oder sie wenigstens zu berühren, seine Kleider dufteten Wohlgeruch aus, er spendete freigebig und nahm von Niemanden Etwas an; so sandte er dem Sultan Aegyptens el-Melik el-Ḳámil tausend ihm gesandte Ducaten zurück.“ Der Enkel, Herausgeber des Diwans, erzählt weiter aus dem Munde des Sohnes Ibn-ol-Fáridh's, dass, als dieser zu seinem Vater von einer Reise zurückgekehrt auf das Freundlichste von ihm empfangen worden war, Ibn-ol-Fáridh damals den ihm angetragenen Posten eines Richters der Richter abgelehnt und sich in die Moschee el-Efḥer zurückgezogen habe, wo er bis an seinen Tod verweilte. Als Ibn-ol-Fáridh zu Mekḳa in die Medrese Seífije trat, fand er dort einen Mann, der an dem Thore die gesetzliche Abwaschung verrichtete; Ibn-ol-Fáridh warf ihm dies als eine Unschicklichkeit vor, und der Mann sagte: „O Omer! was dir nicht in Aegypten aufgeschlossen ward, wird dir in Hidschâf aufgeschlossen werden.“ Ibn-ol-Fáridh erwähnt diese Mittheilung als eine mekḳanische Eröffnung, welche zu dem Titel des grossen zwölfbändigen Werkes Mohíjeddín Ibn-ol-Árebí's, die mekḳanischen Eröffnungen, den Anlass gegeben haben mag. Der mütterliche Enkel erzählt noch mehr dergleichen Anekdoten aus dem Munde des Sohnes Ibn-ol-Fáridh's: „Der Scheich Schemseddín el-Eikí, der Scheich der Scheiche des Klosters der Glücklichen (Sa'íd es-Soăda), habe mit seinem Herrn dem Scheich Ḳemáleddín Mohammed, dem Sohne Manfsúr Kilaún's, dann dem Scheich Nureddín en-Nachdschiwání und mehreren Ssofi den Dichter besucht und ihm von dem Werke Ssadreddín's, Nafm es-solûḳ, (dem Commentare Ssadreddín's zur Táíjé) gesprochen, worauf derselbe seltsame, nur Mystikern verständliche Reden geführt. Der Scheich Schemseddín el-Eikí sagte: der Scheich Sa'íd el-Fargání habe einen Commentar in zwei Bänden zur Táíjé geschrieben, in welchen das Beste vom Scheich Ssadreddín genommen sei.“ Der Richter Dschemaleddín gab dem Herausgeber des Diwans die Kunde, dass der Scheich

Dschemaleddin Mohammed el-Kafwini, der Richter der Richter zu Damaskus, einen Commentar der Táíjé in mehreren Bänden geschrieben habe. Nach der Aussage seines Sohnes war Ibn-ol-Fáridh meistens des Gebrauches seiner Sinne beraubt, indem er weder hörte noch sah, weder ass noch trank und wie todt dalag. Ibn-ol-Fáridh betitelte die grosse Táíjé zuerst die Hauche des Allzärtlichen und die Kleinodien des Paradieses [1]), später betitelte er dieselbe die paradiesischen Erleuchtungen [2]), bis ihm eine Erscheinung des Propheten dieselbe die Anordnung des mystischen Wandels [3]) zu betiteln befahl. Der Richter der Richter Takíjeddín Ábderrahman, der Sohn der Tochter des Ááf, welcher zu Ende der Regierung Manfsúr Kilaún's Wefir desselben war, sprach sich gegen den Scheich el-Eikí ebenfalls zum Lobe der Táíjé aus [4]).

Wir übergehen hier die Verse Ibn-ol-Fáridh's, welche Ibn Challikán aus dessen Diwan mittheilt, und erwähnen nach demselben nur der folgenden beiden Distichen, weil sie Ibn-ol-Fáridh selbst, als im Schlafe ihm eingegeben, mitgetheilt hat:

Ich schwör' es bei der Sehnsucht meiner Triebe
Und bei dem Anseh'n, das mir gibt Geduld,
Dass ich geschau't nur Dich und Deine Huld,
Dass ich für andern Freund gefühlt nie Liebe.

Ibnol-Fáridh war übrigens nach Ibn Challikán nichts minder als ein grämlicher Ascete, sondern ein guter Gesellschafter, dessen Liebenswürdigkeit allgemein anerkannt war; er verfasste ausser den grossen mystischen Gedichten, welche seinen Ruhm begründeten (die grosse und die

---

1) الأنفاس الحنان و نفائس الجنان

2) لوائح الجنان وروائح الجنان

3) نظم السلوك

4) Handschrift der Leydner Bibliothek. der orientalischen Akademie und das zu Haleb lithographirte Werk.

kleine Táïjé und die Chamríjé), noch Räthsel und Gassenhauer, einen der letzten auf einen Fleischerjungen hat uns Ibn Challikán mitgetheilt. Er war zu Kairo am 4. Silkide 576 (27. März 1182) geboren, starb am 2. Dschemasi-ul-Ewwel 632 (14. Jänner 1234), und ward am Fusse des Berges Mokatham bei Kairo zur Erde bestattet [1]).

---

[1]) Von seinem Diwane befinden sich auf den Bibliotheken zu Oxford (der Bodleianischen und der Radcliff'schen), zu Wien (auf der k. k. Hof-Bibliothek und in der der k. k. orientalischen Akademie), zu Leyden, Paris, Gotha, Hamburg, Kopenhagen, Upsala, Petersburg, Neapel, im Escurial und in der der asiatischen Gesellschaft zu Calcutta ein paar Dutzend Exemplare, und auf der Leydner Bibliothek allein ein halbes Dutzend der Commentare der Táïjé, nämlich die Buriní's, Abdolganí en-Nabolsí's, Mahmúd el Káschí's, Scherefeddín el-Kaifsarí's und Scheichol-Alwan's. Zur vorliegenden Ausgabe sind ausser den Handschriften der Hof-Bibliothek und der k. k. orientalischen Akademie noch die mit der letzten gleichlautende Handschrift der Leydner Bibliothek, dann der vom mütterlichen Enkel Ibn-ol-Fáridh's herausgegebene im Jahre 1257 d. H. (1841) zu Haleb lithographirte Diwan, und endlich die noch im Besitze des Uebersetzers sich befindende Handschrift des Commentars des Scheich Dáúd el-Kaifsarí benützt worden; aus der letzten, in Ta'lik geschriebenen, wurde der Text mit den Vocalen der Urschrift unmittelbar gesetzt, und in dem Satze nicht auf die Gleichheit der Zeilen gesehen, welche durch verlängerte Verbindungsstriche leicht herzustellen gewesen wäre, sondern die Befriedigung europäischen Auges durch die Schönheit der Schrift bezweckt. Es ward hierin nicht der Gebrauch orientalischer Handschriften, alle Zeilen in Gedichten gleich lang zu halten, wohl aber der europäische Kunstsinn, welcher auch in den grössten Musterwerken des Druckes die Verse nicht gleich auslaufen lässt, berücksichtigt; hingegen ward aber durch den besonderen Abdruck des Textes und der Uebersetzung dem wesentlichen Bedürfnisse des Morgenländers, seine Bücher von der Rechten zur Linken, und nicht von der Linken zur Rechten zu lesen, volle Rechnung getragen. Die Correctur hat Herr Dr. Walter F. A. Behrnauer, Amanuensis an der k. k. Hof-Bibliothek, besorgt.

Die Taijet

Ibn-ol-Faridh's.

Dem Besitzer Glück und Heil!

Im Namen des Königs, der ohne Gleichen!
(d. i. Gottes.)

Mich tränkt mit Liebeswein des vollen Auges Hand, [1])
Der Becher das Gesicht, das über Schönheit stand.
Gewissheit ward mir nun von ihres Tranks Entzücken,
Denn der Geheimnissrausch verräth sich in den Blicken.
Des Auges Apfel ist als Becher mir genug,
Und in dem Rausch genügt der Eigenschaften Zug. [2])
In Schenken [3]) brachte ich den Dank zur Zeit Genossen, [4])
Trotz der Berühmtheit blieb Geheimniss doch verschlossen.
Als Nüchternheit verging, ward der Genuss begehrt,
Erheiterung ward mir durch keine Furcht verwehrt.

Ich schloss ihr auf das Herz, mich störten Wächter nicht,
Es dauerte die Lust, die Einsamkeit war Licht. [5])
Ich sprach — die Leidenschaft war klar aus meinem Wesen
Und aus der Sehnsucht Sprach' war nie Abwesenheit zu lesen —
O schenk' mir einen Blick, eh' ich zu Grunde geh',
Dass einen Blick der Huld der gnädigen ich seh'!
Wenn nicht, so gib das Wort: du wirst nicht seh'n [6]) zur Kost,
Das Anderen vor mir gewährte einen Trost.
Die Trunkenheit bedarf Rückkehr zu nücht'ren [7]) Sitten,
Es saget Ihr mein Herz: nur Du hast mich zerschnitten.
Von einer Ohnmacht Moses zur Besinnung kam,
Erst als er zu der Reu, zur Buss die Zuflucht nahm.
Wenn Berg' erführen das, was mir ward zugesprochen,
So würde Sinai auch unverklärt [8]) zerbrochen.
Die Thrän' schwätzt aus die Lust, der Brand des Herzens Weh',
Denn dies die Uebel sind, woran zu Grund ich geh'.
Die Sündfluth Noah's ist die Sündfluth meiner Thränen, [9])
Das Feuer Abrahams der Brand von meinen Thränen. [10])
An Thränen ich ertränk', wenn nicht der Seufzer wäre,
Und der verbrennte mich, wenn nicht die Thräne wäre.
Die Traurigkeit Jakubs, sie wurde mir zu Theil,
Und was gelitten Job, ist meines Weh's ein Theil.
Das Ende leider ist der Liebe Anbeginn,
Denn diese fanget an mit Elend und Ruin;
Und hört mein Ohr Beweis von meinen Weheklagen,
Von Leiden und vom Weh, die meinen Körper schlagen,
So kann ich meinen Schmerz den Schmerzen nur vergleichen
Vereinzelten Kameels, wann andre rüstig weichen. [11])
Mein Schmerz liegt offen da, mein Weg ist Jedem klar,
Was heimlich mich gekränkt, ist Allen offenbar.

Zu dem Vertrauten ward mein Nebenbuhler nun.
Er schaut die Magerkeit, den Wandel und das Thun.
Er schauet meines Leib's und meiner Seele Leiden,
Wie er sie nie geseh'n durchs Unglück von den beiden;
Er hört auch ohne Wort des Herzens tiefste Sorgen,
Und mein Geheimniss bleibt ihm immer mehr verborgen,
Er legt sein Ohr an's Herz wie Maulwurf, [12]) der vielhörig,
Und weiss auch ohne Aug, was in demselben störig.
Der Nebenbuhler gab alsdann dem Stamm die Kunde
Von meinem äuss'ren Sein und meinem inn'ren Bunde,
Dem Paar der Engeln gleich, das, wie geoffenbart, [13])
Der Menschen Handlungen in seinem Buch bewahrt.
Er wusste nicht zuvor, was in dem Inn'ren lag
Für ein Geheimnissschatz, der dann erst kam an Tag,
Als aufgehoben ward des Körpers dichter Schleier
Und das Geheimste sich entwickelte erst freier.
Es war ihm unbekannt, was ich im Herz bewahrte,
Bis es mein Stöhnen und die Schwäche offenbarte.
Die Krankheit, welche ich verborgen, kam zu Tage;
Gar seltsam ist die Lust und wahrer Liebe Lage!
Viel ärger ward berührt des Krankheitsschadens Graus,
Die Thränen plauderten der Seele Sagen aus,
Weil er Verderben sinnt, weil er den Ort nun weiss,
An dem verborgen war die Liebe, die so heiss.
Wenn schwebend in der Mitt' von Sehnsucht und Genuss, [14])
Durch diese oder den zu Grund ich gehen muss,
Und wenn im Vorhaus [15]) mir zurückgabst meine Seele,
Glaub' nicht, dass fern von dir ich Haus der Freunde wähle.
Das Aeussere verräth die inn're Leidenschaft,
Zu künden Unteres geht über meine Kraft, [16])

1*

Ich schwieg aus Schwäche, die mich viel zu sprechen hindert,
Denn spräche ich, es wär' mein Gram um viel vermindert.
Die Heilung bringt den Tod, den sonsten sie abwehrt,
Es wird durch Sehnsuchtsdurst des Fiebers Durst vermehrt.
Das Kleid des Zustands ward schon längstens abgenützt,
Die Lust kann nicht aus Lust vernichtet sprechen itzt. [17])
Wenn die Besuchenden des Schicksals Tafel läsen,
Wenn sie ergründeten der heissen Liebe Wesen,
So sähen sie an mir nur den zerfall'nen Geist,
Der zwischen dem Ruin des todten Leibes kreist,
Seit ich verfallen irr', bild' ich den Leib mir ein, [18])
Ich kann begreifen nicht, dass ich soll wirklich sein.
Es liefert den Beweis mein trauriger Zustand,
Dass vor dem Leibe längst mein irrer Geist bestand. [19])
Ich sprach von Liebe, nicht dadurch Dich zu langweilen,
Aus Angst nur, um dadurch den Kummer zu zertheilen:
Den Feinden ziemt es wohl zu zeigen starren Sinn,
Die Schwäche ist allein für Liebende Gewinn.
Die Klage hindert mich, dass ich geduldig sei,
Und wenn ich klag', so klag' ich doch nicht Feinden frei.
Zu loben ist an mir als Liebendem Geduld;
Doch wäre sie bei Dir nur tadelnswerthe Schuld.
Was Du an Gram mir gibst, zähl' ich zu den Geschenken,
An Lösung unsres Bunds ist nimmer zu gedenken. [20])
Was mir auch widerfährt von Dir an Qual und Plagen,
Ich werde danken Dir statt je mich zu beklagen,
Und wenn die Qualen auch die Gnaden übersteigen,
So werd' ich dankbar mich für Deine Lieb' erzeigen.
Was mir von Dir zukömmt an Unglück und an Peinen,
Wird statt Verzweifelung als Kleid der Huld erscheinen.

Was Gutes ich erfuhr, ward mir von Ewigkeit,
Das Böse ist ein Werk des Sklaven in der Zeit. [21]
Wer drob mich tadelt, will zum Irrthum mich verleiten,
Und nur aus Eifersucht mir falschen Pfad bereiten. [22]
Schmäht dieser mich vielleicht nur aus Behutsamkeit,
Wie einst im Paradies Iblís geschmäht aus Neid?
Es kann mich wenden doch von Deinem Pfad nicht ab,
Wie sehr er mich versucht und Böses mir eingab:
Ich habe keine Kraft die Unbild zu ertragen,
Ich kann dafür nur Lob und Dank der Liebe sagen.
Doch Deine Schönheit gab mir Stärke zu erdulden
Was Du aufladest mir ohn' eigenes Verschulden.
Ich sah die Schönheit nur, mit der Du bist geschmückt,
Vollkommenheit, die mich vor anderen entzückt;
Du überliessest mich dem Unglück und dem Druck, [23]
Doch dieses ward für mich der allerschönste Schmuck.
Wer aber Schönheit nur der sinnlichen nachjagt, [24]
Der hat schon dem Genuss, dem köstlichsten entsagt.
Durch Liebe lernet [25] die Seel', es sei kein Ungemach,
Wann heisser Leidenschaft die Trennung folget nach.
Durch Freundschaft [26] ward noch nie dem Geist die Ruh gegeben,
Und durch die Freundlichkeit [27] ein stilles reines Leben.
Wo wär' für Liebende die stille Ruh, Hei! Hei!
Und Eden wird erreicht durch Mühen mancherlei. [28]
Wird freie Seele auch mit jedem Trost verköstet,
So wird sie nimmer doch nach ihrem Wunsch getröstet.
Und wird sie auch entfernt durch Trennung und durch Flucht,
So bleibet sie doch treu dem Ziel, das sie gesucht.
Mein Ritus ist es nicht, zu gehen hier davon, [29]
Verläugnen würde ich dadurch Religion.

Wenn anderer Gedank' als Du mir wäre werth,
So wäre ich dadurch abtrünnig schon erklärt.
Denn mir ist dies Befehl: thu' was Du willst mit mir,
Denn ich verlange nur nach Dir und Nichts von Dir.
Der letzte Schwur ist der: bei unserer festen Liebe!
Nichts mischet und Nichts trübt die gegenseit'gen Triebe.
Ich schwor bei unsrem Bund, ich kann es nie erklären,
Wie in dem Kleid des Thons der Geist sich kann verklären.
Beim ewigen Vertrag, [30]) der nimmer wird verwandelt,
Beim Bund dem späteren, [31]) darnach der Gläub'ge handelt,
Beim Aufgang Deines Lichts, das Fröhlichkeit verkündet
Und wie der Vollmond nicht am Monatsend verschwindet;
Bei der Vollkommenheit, der Schönheit, die vollendet, [32])
An welche sich der Mensch um Hilf' und Beistand wendet.
Erhabenheit und Schönheit sind in dir verschwommen.
Und beide sind (ich schwör's) in deiner Huld vollkommen.
Erhabenheit zeigt sich in Peinen und im Schelten,
Der Schönheit und der Huld gehorchen beide Welten,
Der Schönheit Sklav' ist die Vernunft [33]) nur Dir zu Ehren.
Sie leitet zur Begier, die Du nicht kannst gewähren.
Und hinter Deinem Reiz steht der Genuss bereit.
Den nie erfassen kann das Aug' der Wachsamkeit.
(Ich schwör's) Du bist mein Wunsch, das Ziel der Laufbahn langen,
Nur Du bist meine Wahl, mein äusserstes Verlangen!
Schamlosigkeit wird mir zur ersten heil'gen Pflicht,
Nur Sunna ist's, wenn sich das Volk mir nahet nicht.
Die Meinigen sind nicht die mein nicht gut gedenken.
Und die gut heissen nur, dass Andere mich kränken.
Die Meinigen sind die, so theilen meine Liebe,
Zufrieden mit der Schand', gutheissend meine Triebe.

Es zürne wer da will, wenn Du mit mir zufrieden,
Was kümmert's mich, wenn mir der Edlen Lob beschieden?
Anbeter [34]) gibt es, die in Dir nur Schönes lieben, [35])
Ich Eigenschaften auch, die nur mein Herz betrüben.
Erstaunet war ich nicht, bis Deine Lieb' ich wählte,
Weh dem Erstaunen, das nur Dir allein nicht gälte! [36])
Sie sprach zu mir: du hast dir Andere erwählt,
Als Blinder hast den Weg, den offenen verfehlt,
Verführt hat dich zu dem, was du gesagt, die Lüge,
Die Selbstbeschönigung, damit sie dich betrüge,
Du hast gegeizt nach dem, was dir so sehr vonnöthen,
Doch die Begierde hat die Schranken übertreten.
Wie kannst entgegnen du die schönste, reinste Liebe
Mit der Anforderung des schändlichsten der Triebe?
Hat Blinder [37]) je zu schau'n das Reiterlein Verlangen?
Er denket nicht daran; du bist in Ruh befangen.
Du wolltest einen Ort, dess du nicht werth, betreten
Auf einem Fuss, mit dem du Vieles übertreten.
Du strecktest aus die Hand nach einem grossen Glücke,
Wie viele wurden schon desshalb zerhaut in Stücke! [38])
Du kamst zum Hause, das von rückwärts nicht steht offen, [39])
Dess Eingang dem, der klopft wie du, nicht ist zu hoffen.
Du schmücktest dein Gekos' mit Flitterstaate aus, [40])
Verlangend nach der Ehr', die nicht für dich zu Haus.
Du kamest, wie's dich ziemt, mit weissem Angesicht,
Zu werben um die Braut, die dir bestimmet nicht.
Und wärst du niedriger als Punkt, der unterm B, [41])
Ich würd' erhöhen dich zu nie geträumter Höh';
Du siehst, dass du nicht siehst, was du gehofft zumal,
Dass das, was du gezählt, ist ohne Mass und Zahl.

Gerade ist mein Pfad für die geleitet sind,
Dich aber macht Begier nicht nur gemein, auch blind.
Zeit ist's, zu zeigen dir wie sinnlich deine Triebe,
Und wie durch die Begier verhinderst meine Liebe.
Du bist Genoss der Lieb' allein in deinem Kreise,
Was brauch [42]) ich dir davon zu geben erst Beweise,
Du liebst mich nicht, bis du in mir bist nicht verschwunden.
Genügst mir nicht, bis ich in dir mich nicht gefunden.
Gib die Behauptung auf, dass du mich liebst von Herzen,
Such' andres Herz und lass die Lüge dir verschmerzen!
Genuss, den höchsten, wirst, hei! hei! [43]) du nicht erwerben,
Wenn du aufrichtig bist, haha! [44]) so musst du sterben,
Wenn, Liebchen, [45]) du nicht stirbst, so stirbst du nach Verlauf'. [46])
Wenn du nicht stirbst aus Lieb', so gib das Lieben auf!
Ich sprach: mein Geist ist Dein, nimm selben in Empfang,
Was wäre denn nicht Dein, was mein ist von Belang!
Den Tod aus Liebe ich fürwahr nicht fürcht' und scheue,
Ich suche meinen Ruhm in der Natur der Treue; [47])
Ich wäre stolz, spräch' man: er ist aus Lieb' gegangen.
Der Tod aus Liebe [48]) ist mein einziges Verlangen.
Auch ohne den Genuss sei mir das Sterben werth,
Wenn meine Liebe sich für Dich dadurch bewährt.
Gehör' ich Dir nicht an, so setz' ich Ruhm darein,
Nur im Verdacht, dass ich Dein Liebender, zu sein.
Und wenn in dem Verdacht der Tod mich überfiele,
Mit Freuden eilte ich als Märtyrer zum Ziele.
Und wenn vergossnes Blut man Märtyrerthum nicht heisst,
So ist es mir genug, dass Du darum nur weisst.
Mein Geist, der niedrige, kann sich zu Dir nicht schwingen,
Entfernt im schlichten Kleid [49]) nicht bis zu Dir vordringen.

Die Drohung mit dem Tod, sie machet mich nicht zittern.
Sie mag die Anderen mit Furcht und Graus erschüttern.
Du weichst vom Weg nicht ab, wenn du mich opferst hin.
Denn mein vergossnes Blut ist Gunst nur und Gewinn. [50]
Wenn mir der Tod, den du verheissen, widerfährt,
So wird erhöhet nur mein Preis und inn'rer Werth.
Ich fordere heraus den längst beschloss'nen Tod.
In dem, was du bestimmt, thut der Verschub nicht Noth;
Denn droh'n ist Wohlthat nur, die immer mir erfleht, [51]
Wenn ohn' Entfernung nur, was du versprachst, besteht.
Ich hoff' was Andre scheu'n, und bin dadurch beglückt,
Weil mich freiwill'ger Tod zur Geisterwelt entrückt. [52] –
Ich schwör's, ich opfre mich der Liebsten auf dem Pfade
Des Rechts, den Andere betreten ohne Gnade.
Wie viel Erschlag'ne sind in jedem Volk und Stamme, [53]
Sie starben, ohne dass ein Blick nur ward der Flamme.
Wie Viele starben nicht der Menschen schon aus Liebe,
Und blicktest Du sie an, das Leben Keinem bliebe.
Wenn Sie vergossnes Blut für recht und billig hält,
Erreiche ich den Ruhm, den höchsten in der Welt. [54]
Ich schwör's, geh' ich zu Grund, so ist's für mich Gewinn,
Geheilet werde ich durch inneren Ruin: [55]
Erniedrigt wurde ich im Stamm', bis dass mir klar,
Dass über meine Kraft die kleinste Fordrung war.
Die Demuth war nur Schwäch', sie hielten mich nicht werth,
Dass solche Schwäche sei durch ihren Dienst geehrt. [56]
Nach meinem Stolz sank ich vom Gipfel höchster Gnade, [57]
Allmälig [58] nieder zu dem untersten der Grade.
Kein Nachbar schützet mich, mir öffnet sich kein Thor,
Und meinem Eifer steht kein Ehrenplatz bevor.

Als wär' [59]) ich nicht geschätzt, als wär' ich nur verachtet,
So wenn im Ueberfluss, so wenn bin ich verschmachtet.
Sagt man: wen liebest du, und nenne ich Sie klar,
Sagt man: Metonymie! [60]) er träumet, ist ein Narr! [61])
Es würde ohne Schmach die Liebe mir nicht schmecken, [62])
Und ohne Liebe sich die Ehr' vor mir verstecken.
Der Irrsinn ist mein Schmuck, den die Natur verschmäht,
Und meine Ehre in Erniedrigung besteht. [63])
Als nicht zugegen war als Wächter [64]) der Verstand, [65])
Die Liebe ihren Wunsch in dem Geheimniss fand.
Ich hüte mich davor Geheimniss zu erwähnen,
Desselben Ausdruck liegt im Worte meiner Thränen. [66])
Begierde und Vernunft beirren sich sofort,
Die Lüge, die geheim, sie ist ein wahres Wort,
Nachdem der Phantasie [67]) verheimlicht ich die Sorgen,
Bemüht' ich mich, dass die Gedanken sein verborgen.
Ich übertrieb die Sorg' Geheimniss zu bewahren,
So dass ich es vergass (inmitten der Gefahren):
Und wenn des Wunsches Frucht zu pflanzen ist nicht leicht,
Weiss Gott, dass die Begier mit Müh' den Wunsch erreicht.
Die süsseste Beruhigung der Lieb' ist die
Von Ihr [68]) gewollte und alsdann vergess'ne Müh.
Sie steht bewachend scharf Eingebungen des Inn'ren, [69])
So die Begier an Lust, der ich entsagt, [70]) erinnern.
Wenn auch gefahrlos, fährt Begierde durch die Glieder,
Schlag' ich aus Ehrfurcht schon und Scheu die Augen nieder. [71])
Ich wende ab, wenn er auch flieget hoch, den Blick,
Die ausgestreckte Hand, ich ziehe sie zurück. [72])
Nach ihr strebt jedes Glied mit brennendem Verlangen,
Doch Würde scheuet es zurück mit Furcht und Bangen. [73])

Wenn ich durch Mund und Ohr Ihr falle nur zu Last,
Sie mit Barmherzigkeit mein ganzes Thun umfasst, [74]
Wenn nicht von Ihr allein das Lob die Zunge spricht,
So höret andres Lob das Ohr, das taube, nicht.
Und führt mein Ohr ein Wort in's Herzensheiligthum,
Dem es gehorchet nicht, so bleibt die Zunge stumm. [75]
Ich bin durch ihre Lieb' von Eifersucht verzehrt,
Doch läugn' ich Eifersucht, erkennend meinen Werth.
Die Freude saugt mein Geist in aller Eile ein,
Es bildet sich Begier die Wunscherfüllung ein.
Wenn Sie auch fern dem Aug', so sieht Sie doch mein Ohr,
Wenn Wachendem [76] man hält zur Schmach die Liebe vor.
Wetteifernd mit dem Ohr, gönnt diesem nicht das Auge,
Dass es zu Grunde geh' durch Liebetadels Lauge.
Die Wahrheit geht voran, die Menschen folgen mir,
Wohin ich wende mich, so wend' ich mich zu Ihr.
Sie stehet als Imám vor mir bei dem Gebet,
Mein Herz bezeuget, dass darin Sie vorne steht:
Kein Wunder, wenn dein Herz Sie wünschet als Imám,
Da es zur Kibla sich die Einz'ge nur nahm.
Wenn nach den Seiten sechs [77] sich auch die Augen richten,
Erfüll' ich nur in Ihr des Hadsch, der Omret Pflichten. [78]
Ich bete nur zu Ihr auf der geweihten Stäte, [79]
Ich selbst der Gegenstand von ihrem Wunschgebete. [80]
Wir finden, Beide Eins, die ew'ge Wahrheit wieder,
So oft wir in den Staub uns betend werfen nieder.
Für anderes Gebet hab' ich nicht Lust und Neigung,
Und kenn' nur diesen Zweck bei jeder Niederbeugung.
Wie vieler Bruderschaft [81] zerriss ich schon den Flor,
Und aufgelöset ward, was mich verband zuvor.

2*

Die Liebe wurde mir geschenkt von Ewigkeit, [82]
Am Tage des Vertrags [83] vor dem Beginn der Zeit.
Die Liebe kam mir nicht durch's Ohr, nicht durch den Blick,
Nicht durch Erwerb und durch natürliches Geschick.
Mir ward vor meinem Sein die Liebe zugeschworen,
Und trunken war ich schon eh' als ich noch geboren.
Begier vernichtete, was noch nicht ward erfunden, [84]
Und Eigenschaften all sie waren schon verschwunden.
Ich fand das, was ich traf im Hingeh'n und zurück,
Nach Ihrem Willen ward bestimmet mein Geschick. [85]
Es traten dann hervor die Eigenschaften freier,
Die eh' verborgen nur gewesen unter'm Schleier.
Es wurde die Begier zur Antwort nun gezwungen,
Die Kenntniss hatte sie sich von dem Herrn errungen. [86]
Die Seele war verwirrt, es war ihr unbekannt, [87]
Dass in dem Dasein [88] sie der Dinge Wissen fand [89].
Ich sah im Einzelnen, [90] was ich eh' überschaut.
Das Ganze [91] ward mir nun im Einzelnen vertraut.
Einheit der Liebe ist in unsrer Einigkeit,
Die bei den Liebenden gehört zur Seltenheit.
Verläumder ist bemüht uns Beide zu verschwärzen, [92]
Er sagt Ihr mit dem Rath (den ich Ihr geb' von Herzen):
Ernähret nur den Dank, entfernt gehäss'ge Triebe,
Und macht mir zum Geschenk Aufrichtigkeit der Liebe!
Ich rechnete auf Sie und nahte mit Begier,
Doch ich begehrte Nichts, als mich zu nähern Ihr.
Ich opferte Ihr auf in Eil das andre Leben,
Vielleicht, dass mir hierdurch Erhörung wird gegeben.
Bald geb' ich auf den Wunsch, der mich zu Dir hinreisst,
Ich wollte nicht, dass Du als Schaf [93] mein Reitthier seist.

Ich nahte mich als arm, doch ohne Uebermuth,
Ich warf von mir hinweg die Armuth und das Gut;
Dass Beides ich wegwarf, kann als Verdienst mir gelten.[94])
Ich opferte auch dies dir auf wie beide Welten,
Dass dieses auch Verdienst, dies leuchtete mir ein,[95])
Doch wollt' ich and'res nicht als: das bei Ihr zu sein.[96])
Ich kam durch Sie zum Ziel, davon ist der Beweis[97])
Vermittler, der den Weg doch ohne Sie nicht weiss.
Lass freien Willen Ihr, o Freund! dass Sie befehle,
Ergib in selben dich mit Ruhe in der Seele.
Sei frei von deiner Lust, schweb' über nied'rem Raum,
Dann wirst du wurzeln fest und sprossen wie ein Baum.
Sei gleich und nah und rein, so wirst erhöret du,
Du kehrst von Ihr zu Ihr, und bleibest dann in Ruh.[98])
Kehr' schnell zurück, gehorch', hüt' dich zu sagen heut:
Ich gürte morgen mich, um aufzustehn zum Streit.
Sei wie die Zeit ein Schwert,[99]) nimm das Vielleicht in Acht,
Vielleicht hat in Gefahr gar Manchen schon gebracht.
Um zu gefallen Ihr steh' auf, streb' nicht nach Freude,
In Schwäch' verharre nicht, die führet nur zum Leide,
Verfolge deinen Pfad, steh' auf, wenn auch zertreten,
Entreiss der Trägheit dich, um dich gesund zu retten.
Tritt vor, der du so lang' dich Gegnern zugewendet,
Befrei' vom Bande dich, das im Verderben endet.
Schneid' wie ein scharfes Schwert mit festem Vorsatz ein,
So wird Begierde dir gehorsam, willig sein.[100])
O nah' dich Ihr, und wärst du selbstens bankerot.
Nimm an den guten Rath, er hilft dir aus der Noth.
Nicht naht sich Ihr wer reich durch Streben und Bemühen,
Sie wird den Armen nicht, das Schwier'ge nicht fliehen.

So geht es denen, die nur ihrer Lust zu willen,
Und denen, die getreu Versprochenes erfüllen. [101])
Der Wind der Liebe stürmt vorbei den reichen Mann,
Jedoch den Armen weht derselbe fächelnd an. [102])
Das Loos des Reichen ist, dass er ein Opfer fällt, [103])
Und doch erreichet nicht das, was ihm wohlgefällt.
Aufrichtig sei mit Ihr die Armuth zu ersetzen,
An der als gutem Werk du stolz dich pflegst zu letzen, [104])
Entsage dem Geschwätz und Forderungen, leeren,
Die ungerechter Weis' Gehör von dir begehren!
Die Zunge, die zu sein beredteste [105]) sich dünkt,
Erlahmt im Ausdruck dess, was in dem Inn'ren blinkt.
Du fussest auf den Sinn, den Sie [106]) dir will nicht zeigen,
Bist in dem Worte fremd, d'rum wolle lieber schweigen!
Im Schweigen ist die Ruh, im Schweigen liegt die Würde: [107])
Das, wenn absichtlich, [108]) nur dem Diener schaden würde, [109])
Sieh an, hör' an, behalt, und sprich das was vertraulich,
Nur die Versammlung [110]) kennt die Strasse, so beschaulich. [111])
Du folge dem nicht nach, der seine Lust nur ziert,
Bis sie zur herrschenden und zur Gebiet'rin wird
Lass was der Freundin feind, wie die Begier die wilde,
Du flüchte dich vor der zum festesten der Schilde!
Sie war längst tadelnswerth, empört, wann ich gehorchte,
Gehorsam nur, wann ich nicht dem Gebote horchte,
Ich rief sie vor, es schien der Tod mir minder schwer,
Als zu ermüden sie mit des Gehorsams Lehr',
Als sie zurückgekehrt, sie alle Lasten trug,
Und als sie milder ward, sie wenig nach mir frug.
Ich plagte sie als Bürg', dass sie aufstehen werde,
Bis dass ich sie bezwang durch Plagen und Beschwerde. [112])

Ich nahm ihr den Geschmack, indem ich sie entfernt
Von der Gewohnheit so, dass Ruhe sie gelernt.
Kein Schrecken, welchen ich nicht auferleget ihr,
Dies kann bezeugen die unlautere Begier,
Und jede Stäte, wo im Pfad' ich stand, bestätigt,
Dass im Gehorsam ich als Sklave mich bethätigt. [113])
Ich liebte sie zuvor nach meinem eignen Willen;
Seit aber ich bereit, nur ihren zu erfüllen,
Bin ihr Geliebter ich, der Liebste ihrer Seele.
Vorbei ist's mit dem Wort, dass meine Lust ich wähle.
Ich trat aus mir heraus und kann nicht wiederkehren,
Nicht meines Gleichem gilt das Wort vom Wiederkehren.
Seit Sie aus mir heraus, bleibt einzeln die Begier,
Mir kann es ziemen nicht noch umzugeh'n mit Ihr;
Seit sie von mir getrennt, so fällt mir nimmer hart
Beschreibung von der Allgeliebten Gegenwart.
Auf diese Art beginn' ich Eins mit Ihr zu werden,
End' in Erniedrigung des Hohen auf der Erden.
Verkläret ward die Lieb' durch meines Auges Blick,
Und jeder Spiegel strahlt mein eig'nes Schau'n zurück.
Sie rief zum Zeugen auf des Inn'ren Wesenheit,
Die sich verkläret hat im Glanz der Einsamkeit.
Mein Körper ging zu Grund in dieser Eigenschaft,
Ich trennte mich von ihm, nur Sie hat Lebenskraft.
Ich hielt mich fest an dem Ruin von meinen Zeugen, [114])
Dies kann die Nüchternheit nach meinem Rausch bezeugen,
Die Nüchternheit, die mich nach Trunkenheit entzückt,
Ist nur mein Sein, das sich durch die Verklärung schmückt.
Wenn du mich nicht beschreibst als Zwei, ist Sie die Eine,
Beschreibst du Ihr Bild als Eins, so ist's das Meine.

Wann Sie mich fordert auf, gehorch' ich dem Befehl,
Wann Sie mich ruft, sag' ich: was stehet zu Befehl?
Und wann Sie spricht, so horch' ich auf ihr Wort,
Und sage Ihre Sag' Ihr nach in Einem fort.
Wir sprechen Du auf Du, ich bin dadurch erhöht
Weit über andre Schaar, die ferne von Ihr steht. [115])
Wenn die Vernunft verbeut in Zweien Eins zu sehn,
Und denen dies nicht klar, die mir entfernet stehn,
So kläre ich dir auf, was dies Geheimniss war,
Ausdruck verborgener, er wird dir offenbar,
Und ich enthülle dir, was ausser Raum und Zeit,
Dem das Gehör, das Schau'n, Erklärung nicht verleiht.
Ich setze den Beweis durch Sprüch' in volle Klarheit,
Durch Sätze, welche wahr: Ich stütze mich auf Wahrheit.
Ein Weib vom Schlag gerührt, gibt dir durch ihren Mund,
Als von dem Dschinn berührt, sich als Prophetin kund.
Sie redet zeugenlos und stellet her Beweis,
Dass ohne Zeuge sie doch wahr zu sprechen weiss.
Die Wissenschaft erklärt, dass dies seltsam, doch wahr,
Dass das, was ausser ihr, doch ihrem Sinne klar.
Bist Abends du nur Eins, so wirst dies Morgens sein,
Annäherung zu Gott gibt Wahrheit nur allein.
Suchst Andres als Ihn, so ist es Dienst der Götzen,
Im Irrthum wirst Begier du Ihm zur Seite setzen.
Wer von dem Liebchen sich in Lieb' vermag zu trennen,
Wird durch Abgötterei nur dessen Fleisch verbrennen. [116])
Es schändet deinen Stand [117]) der feste Vorsatz nur,
Dass du auslöschen willst befestigte Natur.
So lang der Schleier nicht gelüftet war in Freiheit,
Vermochte sich von dir zu trennen nicht die Zweiheit.

Des Abends leg' ich mich, vereint in Wesenheit,
Des Morgens steh' ich auf, zerstreut durch Wirklichkeit. [118]
Nur durch die Gegenwart wird die Vernunft zerstreut,
Wahnsinn versammelt nur durch die Abwesenheit. [119]
Ich halt' [120] die Nüchternheit für einen niedren Lauf,
Und schwinge mich von dir zum Himmelslotos [121] auf.
Und als der Schleier ward verklärend aufgerollt,
Da ward vom Aug' dem Aug' Erfrischung erst gezollt.
Werd' ich ernüchtert, so genügt mir Nüchternheit.
Versammelt bin ich erst, wenn zweitesmal zerstreut.
Bekämpfend dich in dir, von dir gelangest du
In dem, was über [122] dir, zur wahren Himmelsruh'.
Nachdem ich so gekämpft, sah ich den blut'gen Zeugen,
Den Liebenden, der mich als Muster konnte zeigen.
Ich stand nicht still am Berg, [123] ich schritt zur Ka'ba fort.
Von mir kam das Gebet an den Verbeugungsort.
Sei eingebildet nicht auf deiner Schönheit Glanz,
Und auf die Ehren, die bestch'n im Kleide ganz.
Den Secten-Irrthum lass', das End' ist doch Verein,
Der Secten Leitungszweck wird nur die Einheit sein.
Lass freien Lauf dem Sinn für das, was ewig schön,
Bleib nicht gebunden bei dem falschen Schmucke steh'n.
Des Liebenswürd'gen Reiz nur aus der Schönheit stammt,
Der eignen nicht, aus der die ausgelieh'ne flammt.
Es liebten Koseir, Medschnún und früher Kais,
Die 'Afet, Leila und die Lobna glühend heiss. [124]
Die Liebe Jedes war an Eigenschaft gebunden,
An ewige, die er im Liebchen nur gefunden.
Was war dies anders als der Schönheit Ideal,
Das ihnen sich verklärt in ihrem Liebesstrahl,

Der wie der Sonne Strahl, eh' vom Gewölk verhüllt,
Nun in dem Glas verklärt verschied'ne Farben spielt.
Das erstemal erschien der wahren Liebe Kraft
In Adam und in Eva durch die Mutterschaft.
Er liebte sie, durch sie um Vater erst zu werden.
Durch die Gemahlschaft kam das Kinderthum auf Erden;
Sie fanden sich, weil sich das Aeussere gefiel,
Durch Liebe, nicht durch Hass, gelangten sie zum Ziel.
So hat die Liebe sich versteckt und offenbart.
Seitdem, zu aller Zeit nach der Aeonen [125]) Art
Erschien den Liebenden in mancherlei Gestalten,
In seltener Figur und Weisen mannigfalten:
Als Lobna, 'Afet, itzt in Gluth der liebesheissen,
Ein andermal ward sie Boseiné geheissen.
All' Andre mussten Ihr an Reiz und Anmuth weichen.
Und nirgends anders fand Sie eine ihres Gleichen.
Durch die Vollkommenheit von Ihrer Schönheit wird
In Anderen mit Ihr Einswerdung ausgeziert.
Und so erscheint Sie mir in jedem Liebespaar,
In allen Liebenden, in Schönen wunderbar. [126])
Mit ihnen bin ich eins, der Liebende der ächte,
Wiewohl sie mir voraus durch längst vergang'ne Nächte.
Sie sind kein andres Volk, nicht anderer Natur,
In ihren war ich nur in anderer Figur.
So war ich einmal Kais, ein andermal Dschemîl,
Bald war die 'Afet, [127]) bald Boseiné [128]) mein Ziel. [129])
Bald war ich offenbar und bald war ich versteckt,
Seltsam war ich enthüllt und seltsam auch bedeckt.
Es waren die und die, [130]) nicht Wahn [131]) in dem Gemüthe.
Sie waren Wirklichkeit in voller Schönheit Blüthe.

Ein jeder Held [132]) war ich und die Geliebte Sie.
Die Namen sind nur Kleid, das mich getäuschet nie.
Durch diese Namen ward nur ich allein benamt,
Die Liebe, die versteckt, ward so der Welt bekannt.
So bin ich immer Eins mit Ihr, dem Schatz gewesen.
Mein Wesen liebte ich in der Geliebten Wesen.
So gibt es in dem Reich nicht andren Herrn als mich.
Mein Mitmir ist, was sich vereint mit Ihrem Ich. [133])
Ich huld'ge [134]) nicht aus Furcht vor Anderen, fürwahr!
Und auch aus Hoffnung nicht, weil andrem Gut ich harr';
Nicht aus Erwartung, dass erniedriget ich werde,
Aus Hoffnung nicht, dass ich beglückt (auf dieser Erde).
Ich opfere mich auf um abzuwenden [135]) bloss
Von Männern, heiligen, den Spott, den Hieb, den Stoss.
Desshalb bin ich zurückgekehrt aus Frömmigkeit
Zu dem gewohnten Dienst, bin willig und bereit, [136])
Von dem Ruin zurück zur ew'gen Frömmigkeit,
Von Ausgelassenheit zurück zur Eingezogenheit.
Ich fastete [137]) den Tag, dafür belohnt zu sein,
Ich betete [138]) die Nacht, um zu entflieh'n der Pein.
Ich baute an die Zeit mit meinem Stossgebet, [139])
Ich schwieg und fastete aus Würd' [140]) und Majestät.
Ich floh das Vaterland, schnitt mit den Brüdern ab,
Erwählte Einsamkeit im Leben mir zum Grab.
Gedanken spann ich aus erlaubte, Tag und Nacht.
Und um zu stärken mich auf Nahrung nur bedacht. [141])
Ich fand den Unterhalt in der Genügsamkeit.
So folgte Lust der Welt mir willig und bereit.
Die Seele reinigt sich durch die Enthaltsamkeit.
So ward enthüllet, was verborgen mir die Zeit.

Ich zog mich von der Welt in Einsamkeit zurück,
Erhörung des Gebets war meiner Andacht [142]) Glück;
Bis aufzugeh'n in Ihr (in Gott) war mein Verlangen,
Gott sei dafür, dass ich in Ihr sei aufgegangen.
Mit dem Geheimniss will ich dich nicht überlisten, [143])
Unmögliches soll nicht in deinen Sinn einnisten.
Wie wäre das! wie könnt' ich denn in Gottes Namen
In Deinen Sinn einstreu'n des nied'ren Irrthums Samen?
Merk auf! erschien denn nicht Prophetem Anfangs nur
Der Offenbarung Bot' in menschlicher Figur? [144])
Nur desshalb Gabriel daher als Dibjet kam,
Ein Mensch, weil die Gestalt vom Menschen er annahm?
In seiner Wissenschaft erkannte er in Klarheit
Vom Gegenwärtigen die reine lautre Wahrheit.
Er sah den Engel, der die Botschaft ihm gebracht.
Er sah den Mann, [145]) den zum Genossen er gemacht.
Wenn diese Doppelsicht gehörig willst bedenken,
Wirst der Vergötterung du nimmer Glauben schenken.
Zu läugnen ist es nicht, es stehet im Koran,
Die Sunna und die Schrift, [146]) ich halte mich daran.
Ich gab der Wissenschaft enthüllt' Geheimniss dir,
Betritt den rechten Pfad, in Allem folge mir.
Hier ist der volle Quell, der reich zum Trunke fliesst,
Gib Wasserspieg'lung auf, die nur im Thal, das wüst, [147])
Gewahr das Meer, worin sie untertauchten dich,
Die Ersten [148]) standen am Gestad', sie scheuten sich. [149])
Der Koranvers: Naht euch dem Gut der Waisen nicht! [150])
Die abgezog'ne Hand der früheren [151]) entspricht.
Und ausser mir [152]) ward es dem Helden nur [153]) gegönnt,
Der die Ausdehnung und Zusammenziehung kennt.

An meine Wunder halt' dich fest und nicht an andern, [154])
Du hüt' dich and'ren Pfad als meinen auszuwandern. [155])
O Freund von heit'rem Sinn, [156]) es ist der Liebe [157]) Thal,
Die Heiligkeit nur dess, der mir gehorcht zumal.
Mein Reich der Liebe Höh'n, mein Heer der Liebe Wahn,
Und jeder Liebende derselben Unterthan.
Die Liebe geht zu Grund und stehet fern dem Mann,
Der schauet nur den Flor und setzet mich hintan.
Für mich sind Lieb' und Hass nur Dinge einer Art,
Und meiner Wand'rung Ziel ist nur die Himmelfahrt.
Beruhige die Seel' in dem Verein mit mir,
Von meinen Dienern bist der Auserwählte hier.
Geniess der Höh' und rühm' vor and'ren Menschen dich,
Dass du mit reiner Seel' im Aeussern fandest mich.
Setz' über Schalen dich hinaus, die leichten, schweren, [158])
So über die Gebot' und aller Weisheit Lehren.
Durch Liebe sammle [159]) dir das Höchste, was zu erben,
Von dem Erkennenden, der strebet zu erwerben. [160])
Sei stolz den Saum des Kleids der Liebenden zu schleppen,
Es ziehet dich hinauf bis zu der Milchstrass' Treppen [161])
Die Wissenschaft nur Eins mit Gott zu sein ergeben;
Entziehe dich der Schaar, die anders sucht zu leben.
Einheitsbekenner sind ein ungeheurer Kreis;
Die Andren wenige, was braucht es mehr Beweis. [162])
Du stirb in diesem Sinn und lebe lobesam,
Du folge selbst dem Volk, von dem du der Imam; [163])
Denn würdiger trägst du den Preis des Kampfs davon,
Als jener, welcher kämpft nur wegen Straf' und Lohn.
Sei stolz auf diesen Ruhm, doch ohne leeren Wahn,
Die Freude schlage dir das Mahl am besten an! [164])

Wie viele Menschen hat schon diese Eigenschaft
Von nied'rer Station [165]) zur Höh' emporgerafft!
Du bist entfernt von mir auf diese Art und Weise,
Die Pleias wallet nicht in dieses Staubes Kreise. [166])
Vom höh'ren Sinai [167]) ist dieser überragt,
Du stehst viel höher als du selber dir gesagt.
Dies ist die Gränze dein, bleib steh'n (an diesem Hügel).
Denn wenn du weiter strebst, verbrennst du dir die Flügel.
Denn höher steht mein Werth, als was die Menschen streben,
Und über deinen Werth hinaus geht dein Bestreben.
Von allen Menschen hab' ich dieses mir gesammelt, [168])
Dass unter Brüdern ich bin nüchtern und versammelt.
Mein Ohr ist Moses [169]) und mein Herz mit dem vertraut,
Was ich im Traume mit Mohammeds Aug' [170]) geschaut.
Des Geistes Geist, mein Geist und Alles was du siehst
In der Natur, der Ausfluss meines Wesens ist.
Der Seelen Schöpfungen, ich hab' sie längst gekannt.
Wenn selbe auch nachher Gefährten [171]) unbekannt.
Du bist von selber [172]) nicht, weil du dich Jünger nennst.
Und dich nicht eingesaugt [173]) in uns allein bekennst,
Wirf weg [174]) Metonymie [175]) und sprich nicht ohne Sinn,
Ich sehe Künstelei gefärbte nur darin.
Nenn dich den Kund'gen nicht, es stehet im Koran:
Beinamen sind verhasst und feinden sich nur an. [176])
Der Jünger kleinster wird in seinem Herzen schauen
Gedanken, die geschmückt als bräutliche Jungfrauen;
Der pflückt von eigenem Sinn der Selbsterkenntniss Frucht,
Scharfsinn und Namen wird in meinem nur gesucht. [177])
Fragst du ihn um den Sinn, so spricht er Wundergaben, [178])
Die über den Verstand und allen Wahn erhaben.

Behaupte nicht du seist der Auserwählten Einer,
Denn Sünde wär's von dir, der nur ist ein Gemeiner.
Eins ist's, ob ich mich nah', ob ich von dir mich wende,
Eins meine Lieb', mein Hass, mein Anfang und mein Ende.
Spiel ich auf Andre an, so bleib ich doch die Norm,
Wenn ausgezogen auch Beiname, Nam' und Form.
Ich ging bis das ich stand, wo der Propheten [179]) Zunft,
Durch Aeusseres verführt, [180]) verloren die Vernunft.
Ich bin beschreibungslos, Beschreibung ist nur Form,
Der Nam' und Zunam' [181]) auch; Symbolik sei die Norm.
Vom Grade: ich bin Sie, bist du nun aufgestiegen
Zur Stufe: ich bin Ich, und wirst nun weiter fliegen
Zur inn'ren Weisheit, die im Dienst des Herrn besteht,
Durch äuss'res Gebot Einswerdung dann ersteht. [182])
Mein Ziel es war Aufgeh'n in Gott [183]) wie andre Meister, [184])
Eh' ich zurückgekehrt mit Reu zum Herrn der Geister.
Ich trete auf die Höh' der Vordern, [185]) welche wähnen,
Dass Standort in dem Staub sei Gipfel meines Sehnen.
Das Ende ihrer Bahn ist Anfang nur vom Lauf,
Ich kann, von wo ich steh', nicht höher steigen auf.
Es ist kein Wissender, der es durch mich nicht wäre,
Kein Sprechender, der nicht ausspräche meine Ehre. [186])
Kein Wunder, wenn mein Lauf zurück die Ersten lässt,
Ich halte an der Tah als sich'rem Eimer fest. [187])
Mein Gruss an Sie, derselb ist allegorisch,
Der kommt von mir zu mir und ist nicht metaphorisch. [188])
Der Liebe Bestes war derselben Anbeginn,
Derselbe führte mich zur selt'nen Aeuss'rung hin,
Ich wollte mein Gefühl [189]) verhüllen im Gedicht, [190])
Doch die Begeisterung lässt sich verhüllen nicht:

Als ich sie sah, da reut's mich nicht, dass ich gehuldigt,
Und meine Liebe war von der Vernunft entschuldigt.
Mit dem Ruin des Leibs war es nicht gar so arg,
Die Wunscherfüllung war freigebig erst, dann karg. [191])
Der Leib ist wohl, wenn er zur Krankheit ist bereit, [192])
Ruin der Seele ist die wahre Tapferkeit. [193])
Zu sterben nur für Sie das ist das wahre Leben,
Und sterb' ich nicht, so leb' dem Kummer ich ergeben.
O Herzensblut, das schmelzt durch Sehnsucht und durch Liebe,
O Seelenbrand, der fliesst in Gluthen meiner Triebe!
Die Gluth des Inneren hat aufrecht mich gezogen,
Die Rippe ward gerad', die eh'mals war gebogen. [194])
O schön ist die Geduld, Ergebung in dem Leide,
Wend' ab dich von der Welt und ihrer Schadenfreude!
O du, der hart und rauh, gehorsam ist dein Freund,
Ertrage Lässigkeit [195]) als Unglück von dem Feind.
Begehr' nicht mag'ren Leib, dass Heilung dich beglücke,
Was ist dir Herz, dass du zerschnitten bist in Stücke? [196])
O kranker Leib, du gibst kein weit'res Lebenszeichen, [197])
Die Dauer zeitliche, sie muss der ew'gen weichen.
Gesundheit meines Leibs! Gespräch' ist nun vorbei, [198])
Und der Genuss, der Tod, die Trennung, macht nicht frei.
Verschwunden durch Ruin ist längst des Körpers Schein.
Du kannst bewahren nicht vermodertes Gebein.
O leeres Bild, o Wahn, den ich anrief mit O, [199])
Durch deine Traurigkeit wird die Verwildrung froh.
Mit dem, was mehr als Tod, [200]) bin ich von dir zufrieden,
Denn deine Liebe hat mir dieses Loos beschieden.
Wenn meine Seele klagt, so ist's nicht ihre Pein,
Sie richtet sich hierin nach And'rer Beispiel ein. [201])

In jedem Stamm ist todt ein jeder, der lebendig. [202])
Der beste Leichnam ist der Liebe zugeständig.
Du siehest Nichts als Lieb' in der vereinten Gier,
Und Nichts ist da zu sehn als frischer Jugend Zier. [203])
Wenn Sie am Festtag reist, zu Ihr die Menschen drängen,
Es schauen Ihre Schönheit an der Stämme Mengen.
Die Geister steh'n verliebt auf Ihrer Schönheit Warten,
Von Ihrer Schönheit sind die Blicke all' ein Garten. [204])
Ich seh' an jedem Tag das schöne Angesicht,
Denn jeder Tag [205]) ist Fest, an welchem frisch die Sicht.
Und alle Nächte sind mir heilig, wann Sie naht;
Der Tag, wo ich Sie treff', ist mir des Freitags statt.
Zu Ihr zu pilgern nur mein Streben stets begehrt,
Und jeder Stillstand ist dem an der Ka'ba werth.
Ein jedes Land, worin mein Auge Sie erblickt,
Erscheint als Mekka mir, gezieret und geschmückt. [206])
Ein jedes Haus von Ihr bewohnt, ist mir Harem, [207])
Als Haus der Trennung mir Ihr Vaterland bequem. [208])
Das Haus, von Ihr bewohnt, ist mein Jerusalem,
Erfrischung meinem Herz, die ihm nur angenehm. [209])
Des Kleides Schlepp' ist mir des Tempels Majestät, [210])
Der Staub, der duftendeste der Erd', auf der Sie geht.
Der Ort, den Sie bewohnt, ist mir ein sichrer Ort,
Die Sinai [211]) thun mir Noth, sie sind mein fester Hort
Als Stationen, wo die Welt uns nicht entzweit,
Wo uns nicht trennen kann die böse List der Zeit.
Die Tage suchen nicht Vereintes zu zerwühlen,
Die Nächte streben nicht uns rauher anzufühlen.
Zufälle können uns nur selbst entfremden nicht, [212])
Unglücke stossen nicht der Seele Gleichgewicht.

Kein Zwischenträger kann bei Ihr den Ruf mir schänden.
Kein Niederer vermag von mir Sie abzuwenden.
Des Nebenbuhlers Aug', es ist im Schlaf befangen,
Des Nebenbuhlers Aug', es stört nicht mein Verlangen.
Ich kenne keine Zeit als Zeiten der Genüsse,
Und alle sind für mich nur Jahreszeiten, süsse.
Mein Tag ist Abend ganz, an dem es milde weht,
Wenn ich erwiedere das Wehen mit Gebet.
Die Nacht ist Zauberei, wann in derselben gehen
Die sanften Düfte, die im Abendwinde wehen;
Und wach' ich eine Nacht, so ist der ganze Mond
Für mich des Schicksals Nacht, [213]) weil Ihr Besuch mich lohnt;
Und nah' ich meinem Haus, so finde ich selbes ganz
In Frühlingsmässigung, in frischem Blüthenglanz.
So bin zufrieden ich hindurch mein ganzes Leben,
Mit guter Morgenzeit, die fliesset rein und eben.
Gesammelt habe ich die Schönheit jeder Form,
Dass sie bezeuge mir des tiefsten Sinnes Norm.
In meinem Inneren gesammelt alle Liebe,
Dass sie verkünde dir von jeder Gluth die Triebe.
Soll ich mich rühmen, nicht wie [214]) Andere, die lieben:
In dem Vergnügen ist mein Ruhm ganz eingeschrieben.
Ich habe mehr von ihr als ich gehofft, erreicht.
Die nächste Nähe, die nicht andrer Nähe gleicht.
Der Trennung stosse ich die Nase auf die Erde,
Auf dass nur immer mehr mein Wunsch erfüllet werde.
So wie ich schlafen ging, wach' ich in Liebe auf,
Und was ich Morgens that, ist meines Abends Lauf.
Wenn Sie von ihrem Reiz den Menschen allen gäbe,
Nur Jusuf nicht, [215]) er sich vor Andren nicht erhöbe.

Ich pries die Schönheit zwar in der Beschreibung Fluss,
Doch Sie gewährte mir den doppelten Genuss.
Von Ihrer Schönheit zeugt ein jeder Sonnenstaub,
Desshalb ist allerseits Sie aller Blicke Raub. [216])
Die Anmuth preiset Sie in jedem Platz und Orte,
Die Zunge lobet Sie in jedem Gruss und Worte,
Die Nase riechet Sie in jeder feinen Luft,
Im Wohlgeruche Sie einathmet und im Duft.
In Allem was ich hör', vernehm' ich Ihren Laut,
Mit Ihr ist das Gehör der Hörer all' vertraut,
Und jeder Kuss von mir ist Ihr geweihter Kuss,
Der Kuss der ganzen Welt ist nur für mich Genuss. [217])
Wenn Sie den Leib zerlegt, so wird darin sie sehen
Das Herz der Liebe ganz, der ganzen Welt Bestehen.
Was am seltsamsten mir, am trefflichsten vorkam,
War, dass Enthüllung erst den Zweifel mir benahm.
Dem Aug' Versammelter erschien der Hass als Freundschaft,
Verein des Gegentheils als Liebe mir und Freundschaft.
Der Tadler liebet mich, es schmähet mich der Feind,
Verschwärzer ist verliebt und Nachbar mir nicht Freund.
Für dieses Resultat muss ich den Dank Ihr schulden,
Denn Ihrer Gnade nur dank' ich's und Ihren Hulden.
Nicht gegen Freunde nur bewährt sich seine Beugung. [218])
Der Beugung folget er aus seiner eignen Neigung.
Die Wohlthat kam von mir, von meiner eignen Seele,
Ich dank' es mir, dass ich Einswerdung mir befehle. [219])
Geschäfte folgten dann, dann wurde erst entdeckt
In voller Nüchternheit, was Rausch bisher bedeckt.
Ein Strahl des Lichts genügt dem, der schon eingesprenget,
Erörterung bedarf nicht, wer sich selbst austrenget.

Wer nicht sein Blut vergiesst, nicht zu Wesiren zählt, [220])
Im Wink liegt oft der Sinn, der in dem Ausdruck' fehlt. [221])
Durch alle Beide [222]) ward der Anfang der Befreiung,
Doch mein Versammeltsein verabscheut die Zerstreuung.
Die Beiden sind nur Eins mit mir und auch mit dir,
Doch in dem Aeusseren da zählten wir das Vier. [223])
Ich bin nur Eins mit Ihr, wer mich bei ihr verschwärzt,
Die Liebe auch bei mir durch Eigenschaft verscherzt.
Es hilft Verschwärzender dem Geiste, welcher leitet
Zur Klarheit, die er sich im inn'ren Sinn bereitet, [224])
Es hilft der Tadelnde der Gnade, welche treibt
Zu dem formellen Sein, das nur im Aeuss'ren bleibt.
Wer Schwierigkeiten kennt wie ich, der mischet nicht
Der Leitung Irrthum ein, weil Aehnliches besticht.
Mein Wesen ist der Lust besonders ganz ergeben.
Von der die Welten all' als allgemeine beben. [225])
Durch Einfluss [226]) wird der Geist zu dem Erwerb geleitet.
Ist zum Empfang geschickt, eh' dass er sich bereitet.
Die Körper sind der Gier ein Dasein, das verträulich,
Die Geister sind dem Geist Erscheinung, die erfreulich.
Ich schwebe zwischen dem, der in die Höhe eilt,
Und zwischen Tadelndem, der guten Rath ertheilt.
Mein Zeuge ist der Tanz, der hin und her mich treibt,
Wo mich Vergängliches anzieht, und dann was bleibt.
Entkleidung stehet fest in Idealen, wahren, [227])
Sie stimmen überein mit Sinnen, offenbaren.
Nimm das Gegeb'ne an, Geheimnisse der Gier.
Die du getroffen hast, du warfst sie weg von dir.
In welchem Sinn der Reiz sich zeige an dem Tage,
In welcher Sure sich gestalte auch die Klage, [228])

So schaut sie jenen doch durch's Aug' der Phantasie,
So hört sie diese doch durch's Ohr der Harmonie. [229])
Es stellt Einbildungskraft sich die Gestalten vor,
Die stehen wohl vertraut an äuss'rer Sinne Thor.
O wunderbar! ich bin berauschet ohne Wein,
Und freue heimlich mich, nach Wunsch beglückt zu sein. [230])
Es tanzt mein frohes Herz, es zittern die Wände, [231])
Es jubelt auf mein Geist [232]) und klatschet in die Hände.
Es wird das Herz [233]) gestärkt nach Wunsch durch Wort und Werke,
Geschwächt der Sinnen Kraft, bis ihre Schwäche Stärke.
Mir widersetzen sich die Wesen alle hier,
Die einz'ge Hilfe wird mir nur gewährt von mir.
Ein jedes Glied von Ihr versammelt den Zerstreuten,
Ein jedes Haar von Ihr zerstreut den ihr Geweihten. [234])
Sie ziehet aus das Kleid, das zwischen Ihr und mir,
So dass die Trennung selbst zur Traurigkeit wird mir. [235])
Hab Acht, wie die Begier sich heftet an die Sinnen,
Verlangend durch die Lehr' Erleuchtung zu gewinnen! [236])
Erwähnung ihres Geists vor meinem Geiste steht,
So oft der kühle Hauch des Morgenwindes weht. [237])
Erinnerung von Ihr das Ohr in Aufruhr bringt,
Wenn Morgens auf dem Baum die Turteltaube singt. [238])
Dem Mann des Augs [239]) thut's wohl, wenn ihn zur Abendzeit
Erinnerung an Sie des Blitzes Strahl verleiht,
Wenn der Geschmack des Bechers, welcher nächtlich kreis't,
Mir in Erinn'rung bringt die Kost von ihrem Geist.
Es offenbart mein Herz sich so den inn'ren Gliedern, [240])
Die nur die Sendungen der äusseren erwiedern.
An Sie erinnert mich ihr Name im Gesang,
Der Reigen spricht nur aus des ganzen Wesens Drang.

Mein Geist strebt nach dem Hauch des höh'ren Werde,
Mein Aeuss'res strebet [241]) nach dem Stoff des Staubs der Erde.
Es zieht mich bald zu Ihr, bald zu dem Geiste eben,
Und jeder Zug ein Kampf des Todes mit dem Leben.
Was ist dies wohl, wenn nicht Erinnerung der Wahrheit,
Die wurde offenbart der Seel' in voller Klarheit.
Die Seele wünscht vom Staub zu heben auf die Flügel,
Denn bald ergreifet sie, und bald der Leib die Zügel;
Und jedes blöde Kind kann dir die Kunde geben, [242])
Nicht Scharfsinn es bedarf, nicht Offenbarung eben,
Wann es befreit vom Zwang der Windeln und der Binden,
Sich freuet frei von Last in freier Lust zu finden, [243])
Wann es sein Leiden klagt und was man ihm gethan,
Und man geduldig dann die Klagen höret an.
Wann's ob der Süssigkeit der Bitterkeit vergisst,
Gedenkend des Vertrags des Worts, das ewig ist. [244])
Der Reigen zeigt das Bild der mystischen Begeistrung, [245])
Es stellet fest der Tanz die eigene Bemeistrung. [246])
Das Kind sehnt sich nach dem, der koset ihm zur Hand,
Damit es fliege auf in's erste Vaterland.
Beruhigt wird in ihm die geist'ge Aufregung,
Sobald die Amme [247]) bringt die Wiege in Bewegung.
Die Sehnsucht nimmt mich ein, wenn Sie erwähnet wird,
Wie Singender, der laut des Korans Vers citirt, [248])
Wie sich die Seele sehnt, wenn endet schon das Leben. [249])
Die Todesengel schon den Sterbenden umschweben;
Wie Sterbender sich sehnt nach Trennung von dem Leibe,
Damit er weiter nicht im Thal der Thränen bleibe;
Wie Geist des Sterbenden, der liegt in letzten Zügen,
Begierig zu dem Grund, dem höchsten aufzufliegen,

Dem Ort [250]) des Uebertritts zum gänzlichen Verein,
Genuss, der schleierlos wirkt auf die Seele ein.
Wer meinen Spuren folgt, den Vorsatz zu erreichen,
Muss an aufricht'gem Vorhaben mir auch gleichen.
Wie viele Wogen geh'n zu Grund, eh' eine schlürft.
Reich ist der Arme, der nur Eine Woge schlürft.
Wenn im Krystall [251]) des Worts verlangest dich zu schau'n,
So hör' aufmerksam an, was ich dir will vertrau'n: [252])
Ich sprech' ein Wort, das sei zum Muster aufgestellt,
Und thue eine That, die angenehm (der Welt).
Es sieht in Handlungen mein Blick auf den Entgelt,
Zuständ' bewahre ich vor dem, was schändlich fällt.
Ich predige Aufrichtigkeit dem festen Sinn,
Zum Beispiel dient mein Wort in jeglichem Beginn. [253])
Es ist mein Herz ein Haus, [254]) worin ich ruhig wohne.
Die Eigenschaften sind verhüllt vor Gottes Throne. [255])
Zur Rechten ist der Stein und die jemen'sche Säule. [256])
Die Kible ist mein Mund, der leitet mich zum Heile.
Den Umgang halte ich, fürwahr! um's heil'ge Haus,
Und greif' in meinem Lauf' von Merw nach Ssafa aus. [257])
Vom inneren Harem ist sicher äuss're Erde.
Der Aeuss're fürchtet sich, dass er beraubet werde. [258])
Von Allem faste ich, nur nicht von Gott allein,
Gereinigt wird durch Ihn die Seele, die schon rein.
Mein Dasein [259]) und sein Sein [260]) sei immer nur ein Paar,
Doch einzig [261]) der Verein, bei dem Erwachen war. [262])
Geheimer Lauf den Weg zur ew'gen Wahrheit nimmt,
Wie Andren ist der Lauf durch das Gesetz bestimmt;
Denn in der Geisterwelt [263]) bestimmt mich kein Befehl,
Und in der Menschenwelt [264]) geht alle Weisheit fehl.

Denn mir befiehlt nur das, was ewig her vertragen, [265]
In Fesseln haben mich die Sinne dann geschlagen.
Von mir kommt ein Prophet, der büsst für seine Schuld.
Der hochgeehrt bei mir, begierig nach Geduld. [266]
Ein Loos ist für die Gier Befehl, den ich ihr gab,
Die Seele lässt von dem, was sie begehrt, nicht ab. [267]
Von Zeit des Urvertrags, noch vor den Elementen,
Bis zu den Tagen, die mich als Propheten kennten, [268]
War von mir selbst an mich ich als Prophet gesandt.
Durch meine Wunder ward mein Wesen nur erkannt.
Als ich die Seele trug von irdischem Besitze
Durch einen Kauf hinauf zum Paradiesessitze, [269]
Da kämpfte sie den Pfad der Frohn auf ihren Pfaden,
Und frohe Kunde ward ihr von des Todes Gnaden.
Versammelt heisse ich, weil ich im Himmel weile,
Und nicht beständ'gen Sitz des Paradieses [270] theile.
Wie soll ich treten denn in andrer Geister Fährten,
Gleich Freunden meiner Reih'n, gleich Schaaren von Gefährten?
Kein Himmel, welcher nicht aus meinem Inn'ren käme,
Kein Engel, welcher nicht von mir die Leitung nähme,
Kein Strich des Aeusseren, der nicht von inn'rer Ehre,
Kein Regenstrich [271] und Thau, der nicht bewässert wäre.
Der Orient des Lichts ist Glanz von meiner Flur,
Auf meinen Pfaden ist das Weltmeer Tropfen nur.
Mein Ganzes schwingt sich auf zum Ganzen durch die Flügel,
Zum Theile wird der Theil gezogen wie durch Zügel.
Wem Ob'res unten steht, dem Ober's ist ein Unt'res,
Dem zeigt Geleiteter ein Angesicht, ein munt'res. [272]
Des Staubes Unterstes, der oberste Esir, [273]
Zur Lösung, zum Verstand sie dienen beide mir. [274]

Kein Zweifel, dass Verein die Wahrheit sicher kennt,
Und dass das Wörtchen Wo das schon Vereinte trennt. [275]
Bestimme keine Zahl, die wie ein Schwert verletzt,
Bestimme keine Zeit, die über Gott gesetzt,
Nicht Seines Gleichen gibt's in dieser, jener Welt,
Der besserte hernach, was am Befehle fehlt;
Und keinen Gegner gibt's im Himmel und auf Erden,
Durch den der Unterschied der Schöpfung klar kann werden. [276]
Es gehet aus von mir, was immer ward gesponnen, [277]
Es kehrt zurück zu mir, was immer ich begonnen.
Ich sah Anbetende, die traten mir voran,
Die Engel beteten in mir den Adam an. [278]
Ich sah die Engel, die auf Erden alle gleich,
Die reinen Geister, die zuhöchst im Himmelreich.
Als Pfad schlägt Anderer Gesichtskreis nied'ren ein,
Die zweite Trennung erst gewähret mir Verein.
Zerknittert ist der Sinn, Ernüchterung ist aus,
Der Reu' des Moses eilt Begierde weit voraus. [279]
Es gibt kein Wo, noch Was, [280] vorbei sind Rausches Stunden,
Der Wolkenschleier ist in Heiterkeit verschwunden.
Als Siegel legt' ich an die letzte Nüchternheit, [281]
Nachdem durch Faden ich bestimmt die erste Zeit.
Verwischung jeder Spur, Ernücht'rung bis in's Grab,
Ich wog sie auf der Wag' in kleinen Stücken ab.
Verlöschet ist der Punkt von dem Ernücht'rungsflor,
Wach ist des Wissens Aug', das schläfrig war zuvor. [282]
Was der Ernücht'rung fehlt, Verrichtung dir gewährt. [283]
Die Mannigfarbigkeit dich dem Beständ'gen näh'rt.
Die Trunkenen sind gleich den Nüchternen gepriesen,
Gezeichnet mit der Ruh', gemarkt mit Paradiesen. [284]

Von meinem Volk sind nicht die an der Kleidung kleben,
An Eigenschaften und an Eigenheiten eben.
Wer nicht Vollkommenheit geerbt, und wer nicht rein,
Der fällt auf seinen Weg zurück in Qual und Pein.
Nichts ist in mir, das mir den Rest des Kleids aufdringt, [285])
Nichts ist in mir, das mich zur Schattenrückkehr zwingt.
Kann das, was in das Herz [286]) geworfen ward vom Wahren
Die Zunge hält versteckt, durch Rede offenbaren?
In mir umarmet sich was unten und was oben,
Was ausser mir, wird durch die Gleichheit aufgehoben. [287])
Durch Zweiheit war ehvor vernichtet all mein Sein,
Ich kehrte dann zurück durch Dauer zu dem E i n.
Die Weise der Vernunft war erster Ausfluss Gottes,
Die Satzung Sinai's war letzter Handgriff Gottes. [288])
Mehr als dem Jonas ihm zu geben Lob und Ehre,
Verbot mir der Prophet, der dessen würdig wäre. [289])
Ich zeigte an, was mich der Rede Ausdruck lehrte,
Und das Verborgene sich angenehm erklärte.
Gleich sind mir gestern, heut, der ewige Vertrag, [290])
Der Morgen, Finsterniss, die Nächte und der Tag.
Es zeigt die Antwort Ja [291]) sich in dem Spiegel rein.
Versammelung verwehrt das Beieinandersein. [292])
Ich scheu' nicht Finsterniss, ich fürchte nicht den Graus, [293])
Das Licht von meiner Huld löscht alle Rache aus,
Ich kenne nur die Zeit, die unberechenbar,
Das Sein von meinem Sein kennt Monde nicht und Jahr.
Wer eingesperret ist im engen Raum der Zeit,
Sieht hinterm Kerker nicht das Eden Ewigkeit.
Der Himmel kreist in mir, der Pol wie wunderbar,
Um den sich Alles dreht, ein einz'ger Punkt fürwahr! [294])

Vor jener Drei, die ich verliess, kein Pol bevor.
Die Pfähle [295]) stellen nur die Stellvertreter vor.
Gerade Linie erreicht nicht stets das Ziel,
In Winkeln liegen oft der Himmelsstrecken viel. [296])
Der Seelen Ameisfluss aus meinem Rücken kam,
Und wie die Milch der Brust von mir den Ausfluss nahm. [297])
Das Seltsamste, was ich gesehen, war der Hauch
Des heil'gen Geistes, der die Herzen [298]) schützte auch.
Ich sah die Schönheit [299]) und es staunte die Vernunft,
Das Herz war nicht geschmückt für solche Unterkunft. [300])
Die Seel' vergass ich, denn ich hielt für andre sie, [301])
Und das was ausser mir, begehre ich sonst nie. [302])
Vergesslichkeit ist's, die für stets [303]) mich närrisch macht,
Des Wunsches bar, weil ich als närrisch im Verdacht. [304])
In Sie bin ich vernarrt, dem Irrsinn heimgefallen:
Wer sich dem Irrsinn weiht, ist frei von Sorgen allen.
Beschäftiget mit Ihr, [305]) fremd anderen Gefühlen,
Ereilte mich der Tod, [306]) ich würde ihn nicht fühlen.
Ein seltsam Ding, dass in der irren Leidenschaft
Gleichgültig! ob Vernunft liegt in der Trägheit Haft, [307])
Wann ich Sie treffe, frag' ich Sie: wie geht es mir? [308])
Und wann Sie Leitung sendet, gehe ich doch irr.
Ich suche Sie, indess Sie stets bei mir gewesen,
O seltsam, dass verhüllt geblieben mir Ihr Wesen!
Ich hör' nicht auf zu suchen Sie in mich versunken,
So sehr bin ich vom Wein von Ihrer Schönheit trunken.
Vom Wissen, das gewiss, reis' ich zur reinen Wahrheit,
Bei der ich erst das Ziel der Reise find' in Klarheit.
Er suchet mich, dass Er mich durch mich selber leite,
Der Leitung Suchende gibt selber das Geleite.

5*

Und Er begehrt, dass ich aufheben soll den Schleier.
Indessen werde ich nur durch mich selbst ein Freier.
Sieh' in dem Spiegel dich, dass durch desselben Licht
Ich deine Schönheit seh' in meinem Angesicht;
Und sprech' ich meinen Namen aus, horch' ich (ganz dumm)
Mir selbst nach meinem Wort mich sehnend, und verstumm'.
Ich strecke aus die Hand, Ihr Inn'res zu umarmen,
Zunächst [309]) an Ihrem Geist und Herzen zu erwarmen.
Nach Hauchen sehn' ich mich, damit sie mich anwehen,
Abkühlend meine Hitz', [310]) wann sie vorübergehen,
Bis dass in meinem Aug' des Blitzes Licht erwacht,
Und durch das Morgenroth wird aufgehellt die Nacht.
So lang bis die Vernunft zurücksetzt ihren Fuss, [311])
Und von mir selbst mir wird der innigste Genuss.
Bis fröhlichen [312]) Gesichts ich zur Gewissheit kam,
Die weite Reise zu dem Zweifel mir benahm.
Ich fand mich selbst zurecht, aufsuchend meinen Sinn,
Die eigne Seele war mir die Wegweiserinn.
Und als der Liebe Kleid als Vorhang aufgezogen,
War das Geheimniss auch von dem Gebot entflogen.
Mit diesem Flor begann sich der der Gier zu heben,
Auf meine Frage ward die Antwort nun gegeben.
Der Spiegel war jetzt rein vom Rost der Eigenschaften,
Und in der Strahlen Glanz die Augen sicher haften.
Was ich bezeuge, ist mein eig'nes Dasein nur,
Was mich bezeuget, ist die eigene Natur.
In dem Gebete hört' ich meinen eignen Namen.
Die Sinne abgespannt den Flug den höchsten nahmen.
Indem die Glieder ich an Ihrem Leib erwarmt,
Hab' ich mein eig'nes Ich an Ihrem Ich umarmt.

Mein Geist erfasst den Duft, von dem er ist umflossen,
Durchduftet von Gewürz, das klein zermalmt, zerstossen.
Die geist'ge Eigenschaft, von sinnlicher geläutert,
Sie hat in meinem Sein die Läut'rung erweitert.
Wer Eigenschaften lobt, der lobet meinen Adel,
Wer mich durch selbe lobt, beschimpfet mich mit Tadel.
Wer meinen Leib [313]) nur lobt, die Schönheit nur bezeugt,
Dem bleibet stets verhüllt der Ort, dem ich geneigt.
Kenn' ich die Namen nicht, erwache ich vom Traum,
Und wenn ich selbe nenn', so träum' ich schlummernd kaum.
Wer mich aus Handlung kennt, der ist kein Kennender,
Wer mich aus mir erkennt, ist ein Erkennender.
Du halt' dich an den Ort der ersten Eigenschaften,
So wird das Bild, der Ton, in deiner Seele haften. [314])
Den Sinn der Namen nimm dir von der inn'ren Welt,
Auf die allein der Geist der äussren ist gestellt.
Die Eigenschaften, die sich nach den Gliedern nennen,
Sind nur Allegorien für Seelen, die sie kennen.
In Hieroglyphen, die verhüllt in Tempelschleier,
Erblickt die Seele dann, was hinter'm Sinn, so freier:
Des Wesens Namen, der von Gliedern hergenommen
Geheimnisse bewahrt, in die der Geist verschwommen.
Geheime Schätze sind's des Sinnes, der versteckt
Nur angedeutet wird durch Sinne, die verdeckt.
Nothwendig [315]) sind der Nam', der Eigenschaften Spuren
Zur Wissenschaft der Welt, zur Kenntniss der Naturen,
Zu dem Gebeterwerb [316]) durch die Vernunft, die reine, [317])
Zu dem Erwerb des Danks durch Mittel allgemeine. [318])
Es liegen vor mir da die Spuren offenbar,
Sie waren mir, eh' ich zur Heimath [319]) kam, schon klar.

Das Wort und Alles, was im Mund war längst mir nah,
Der Blick und Alles, was im Aug' als Beispiel da,
Der Ton und was im Ohr, und das Gefühl der Hand,
Sie waren längstens schon im Inn'ren mir bekannt.
Der Eigenschaften Sinn steht äusserm Körper [320]) fest.
Der Namen Werth sich nicht durch Sinn bestimmen lässt. [321])
Gebrauch [322]) der Namen liegt in des Chalifen Hand,
Der weiss, welch' einen Sinn damit der Herr [323]) verband.
Von Sängerinn, von Lust, von edler Renner Gier,
Von süssem Wohlgeruch, von Morgenwolken Zier. [324])
Er [325]) hinterleget sie [326]) in jene Seel' zuletzt,
Die er, weil sie dem Stolz ist abgeneiget, schätzt [327])
Als strahlende im Glanz, als blühende in Pracht,
Als offene in Kund', als zwingende der Macht. [328])
Die Namen lehret Er bedächt'gem Naturelle, [329])
Freigeb'gem Geist und freigeborner Seele.
Als den vernünft'gen Sinn, als Paare im Gebete, [330])
Als räthselhaftes Wort, [331]) als alles Grundes Stäte. [332])
Er adelet damit den Vorsatz, der steht fest, [333])
Und der ergebungsvoll auf Gott sich nur verlässt.
Als Zeichen seltene von heitrer Fröhlichkeit,
Als Schaaren äusserster erwünschter Tapferkeit.
Er knüpft [334]) damit den Leib [335]) an Stäte der Ergebung,
An das Vernunftgebot der geistigen Erhebung,
Durch Feinheit der Gebot' und Reinheit der Befehle,
Durch Klarheit festen Sinns und Wahrheit glatter Seele. [336])
Den Sinnen wird dadurch [337]) des Glaubens ächte Kraft,
In allen Handlungen der feste Grund verschafft,
Erwähnungsfundament und Strahlung der Gedanken,
Gesammtes Monument und dann der Strafen Schranken. [338])

Der Seele wird dadurch auf den verwandten Stäten
Die Kunde von der Huld und Wohlthat des Propheten,
Durch angenehme Kund' und Gaben mancherlei,
Durch Blatt der Wissenschaft und gute Polizei. [339]
Als ob und wenn du nicht, der beiden Worte Sinn [340]
Ist der Beschauungen Vollendung und Beginn;
Im Regen von Verdruss, in Regen, welche freuen,
Im Segen von Genuss, in Schaaren von den Leuen, [341]
Wie Seele, die zurück zur Sinnenwelt gekehrt, 563
Von mir auch Andres Nichts als Sinnliches begehrt;
Ausdrücke, welche rund, Anwünschungen, die bunt,
Geheimer Winke Kund' und mancher Gaben Pfund. [342]
Der Name [343] Orient ist in geheimer Welt,
Was von der Huld erneut sich mir entgegenstellt.
Nachrichten des Bestands, Ansicht des Uebergangs,
Geheimniss des Verstands und Forderung des Rangs, [344]
Der Ort der Namen ist die Welt der Eigenschaften,
Die eigens an dem Lauf durch alle Himmel haften, [345]
Die Schulen des Tenffl, [346] wo man Wetteifer lehrt, 570
Pflanzschulen des Tewfl, [347] wo Zweifel sind verwehrt. [348]
Sie fallen in die Welt der Engel und der Geister, [349]
Eröffenend den Blick dem hocherstaunten Meister.
Durch der Einswerdung Thron und durch Annäh'rungsstufen,
Durch den Verklärungspfad und durch der Engel Rufen. [350]
Es strömt der Namen Quell hinein in alle Welt,
Die Seel' ernüchterte, bedarf als den Entgelt
Eingebungsnutzen und die Gnadensee, die frische:
Der Hulden Wiederkehr sind neue Gnadentische [351]
Den Wallenden, sie geh'n auf dem gegebnen Pfade, 573
Doch ohne diesen führt zur Wahrheit meine Gnade.

Wenn nun die Ritzen zu, die Spalten sind geheilt,
Zerstreutes ist vereint und weiter nicht getheilt,
Wenn zwischen mir und Ihm, an den ich fest gebunden,
Bewilderung durch die Vertraulichkeit verschwunden,
Dann weiss ich in der That, dass Eines ich erfunden,
Dass durch Versammelung Zerstreuung ist verschwunden,
Dass Zunge sieht und dass die Hand hört an das Wort,
Dass Einsicht und Gehör und Tastsinn nur Ein Ort.
Das Aug' hat Tastsinn nun, das Aug' vertritt die Zungen.[352])
Es spricht das Ohr, zu hören ist's der Hand gelungen.
Das Ohr verklärt als Aug' der Phänomenen Menge.
Das Aug' vereint als Ohr die fliessenden Gesänge.
An Hände Statt vermag die Zunge zu zerbrechen,
Die Hände sind im Stand zu reden und zu sprechen.
Die Hände sehen nun, was Augen sonst entdecken,
Die Augen strecken sich wie Hände sich sonst strecken.
Das Ohr ist Zunge, das nun statt derselben spricht,
Die Zunge hört und schweigt (wenn sie auch d'rob zerbricht).
Geruch vertritt die Stell' der andren Sinne all,
Und umgekehrt ist dies bei jenen auch der Fall.[353])
In keinem Gliede wohnt besondre Eigenschaft,
Wie in dem Auge sonst allein die Sehekraft.
In jeglichem Atom von mir sich Kräfte zeigen,
Die von den Gliedern sonst den einzelnen sind eigen.
Es fleht zu Gott, es hört sein Wort im Augenblick,
Denn seiner Allmacht Hand zieht nirgends sich zurück.
O les't in Einem Wort das Wissen der Gelehrten,
Steigt auf in Einem Nu zu Geistern, den verklärten.[354])
Hört die Gebete all in den verschied'nen Sprachen,
Aus Einem Witz[355]) kannst du die and'ren alle machen.

Du schaffe her, was die Entfernung hält zurücke,
Eh' dass dem Nickenden vergeh'n zwei Augenblicke. [356])
In Einem Dufte riech' den Wohlgeruch der Winde,
Und was vom Paradies sie bringen dir gelinde.
Ein Augenblick wird dich durch den Gesichtskreis tragen,
Mit Einem Schritt durchstreich' der Erde sieben Lagen. [357])
Die Leiber, welche schon die Dauer aufgegeben,
Sie sammeln leicht und leicht sich zu dem geist'gen Leben. [358])
Wer spricht und lang es macht, und sich zum Tode schwingt, [359])
Durch meine Hilfe nur zu höh'ren Stufen dringt.
Was in den Lüften fliegt, was auf dem Wasser schwimmt,
Was in dem Feuer brennt, wird nur durch mich bestimmt; [360])
Der, dem ich stehe bei, dass Zartheit er erblicke,
Veränderet sich ganz in Einem Augenblicke. [361])
Wer eine Weil' mir folgt mit seinem ganzen Wesen,
Der hat wohl tausendmal den Koran schon gelesen. [362])
Wenn von den Todten ich Erweckung will bewähren,
So wird die Seele gleich zum Körper wiederkehren. [363])
Die Seele, die entsagt, [364]) verdoppelt ihre Kraft,
Und jegliches Atom hat Wundereigenschaft.
Es mögen dir genug [365]) Prophetenwunder sein,
Die kein gemess'ner Ort und keine Zeit schränkt ein.
Auf diese Art ward einst des Noah Fluth gebettet,
Als er von seinem Volk sich in das Schiff gerettet.
Als die erflehte Fluth [366]) in hohen Wogen ging,
Und als zuletzt das Schiff am Berge Dschudi [367]) hing,
So wurde nicht zum Pferd [368]) der Wind für Salomon, [369])
Ein doppeltes Geschlecht [370]) gehorchte seinem Thron.
In Einem Augenblick und ohne alle Beschwer,
Von Saba brachte er den Thron von Balkis her. [371])

So löschte Abraham die Gluth des Feuers aus,[372]
Es wurde[373] durch sein Licht ein Garten Edens d'raus.
Von jeder Bergeshöh' gerufen Vögel kamen,
Freiwillig ihren Platz als Opferthiere nahmen;[374]
Und Moses warf den Stab zur Erde aus der Hand,
Die Schaar der Zauberer verzweifelnd vor ihm stand,
Er schlug den Stamm, es quoll daraus des Wassers Segen,
Er spaltete das Meer, es fiel beständ'ger Regen.
Als zu dem Jakob kam von Jusuf frohe Kunde,
Dass er nun wiederkehr' von seines Ausflugs Runde,
Da weinte jener, eh' als dieser war gekommen,
Aus Sehnsucht war das Aug' in Blindheit ihm verschwommen.
Den Kindern Israels gedecket ward der Tisch,
Vom Himmel durch 'Isa[375] mit Braten und mit Fisch:
Und wenn im Aermel stack die Nadel zum Gebrauch,[376]
Den Vogel, der aus Thon, belebte Wunderhauch.
Es liegt im Inneren der äuss'ren Wunder Kraft,
Die ich dir eingeflösst, gutheissend Eigenschaft.[377]
In die Geheimnisse war alle eingeweiht,
Des Gottgesandten Schrift, in sendungsloser Zeit.[378]
Ein Jeder forderte sein Volk durch Reden auf,
Dass zu der Wahrheit Ziel es steuere den Lauf,
Die Wissenden[379] von uns Propheten sind genannt,
Sie rufen auf das Volk zu dem, den Gott gesandt.[380]
Doch der Erkennende[381] der Zeit ist Mohammed,
Der Mann von starkem Sinn,[382] den Gott gesandt, Prophet.
Und jedes Wunder, das gewirkt ward von Propheten,
Ward Muster denen, die in ihre Stapfen treten,
Propheten sind entbehrlich durch des Hauses[383] Sprossen,
Durch die nachfolgenden Imame und Genossen,

Von ihnen einige betheilt mit Wundergaben.
Die Andere als Gut, ererbtes inne haben.
So war Nossreteddín [384]) der Hanifitin Sohn,
Von Ebubekr ward dem Volk im Kampfe Lohn.
So rief 'Omer: Sáriet, gen den Berg dich wend',
Gar weit war von dem Ruf bis hin nach Nehawend. [385])
'Osman gab nun den Trunk den frischen auf, wiewohl
Der Kelch des Todes stand vor ihm kredenzet voll.
Von 'Alí ward die Kunst, die Schwerter anzulegen,
Die Wissenschaft ererbt als eigenes Vermögen.
Die Anderen sind Stern', wer ihnen folget, wird
Wie von dem Sternenheer den wahren Pfad geführt. [386])
Die Heiligen, die Gläubigen, die, wenn auch fern,
Der Bruderschaft zu lieb die Nähe glauben gern. [387])
Die Nähe ist Gehalt, [388]) die Sehnsucht ist Gestalt, [389])
Seltsam, dass nah' und fern [390]) in Eins zusammenfallt.
Die Gläub'gen seh'n den Geist [391]) und leiten so die rennen, [392])
Gottlosen dienet nur Beweis, mich zu bekennen,
Und Alle gingen einst so um den Geist [393]) herum,
Und kamen durch's Gesetz zu dem Prophetenthum.
Wiewohl dem Scheine nach ich Sohn von Adam bin,
So zeiget doch der Geist, [394]) dass ich der Vater bin.
Dem Schmuck, dem hindernden, war meine Seel' entzogen,
In dem Verklärungskreis ward sie gerad erzogen. [395])
Als Kind war mein Gebet die Sure der Propheten, [396])
Das Loos mein Element, ich pflegte Sieg [397]) zu beten.
Noch vor dem Wiegenband, eh' Aeuss'res war vollendet,
War ohne das Gesetz, Gesetz in mir vollendet.
Propheten bildeten den Gang von meinem Schritte,
Sie überschritten nicht den Ort von meinem Tritte. [398])

6*

Zu meiner Rechten war des Vordermannes Segen,
Zu meiner Linken Leichtigkeit im Fortbewegen. [399])
Glaub' nicht, die Göttlichkeit [400]) sei ausser mir im Leben,
Es herrscht als Herr nur der, der mir ist untergeben.
Es wäre ohne mich kein Dasein und kein Wesen, [401])
Und kein verbindender Vertrag je da gewesen
Wer hier lebendig ist, der liebet dich im Leben, [402])
Und jeder Wille ist dem meinen untergeben.
Kein Sprechender, der nicht mit meinem Worte spricht,
Kein Schauender, der durch mein Auge sähe nicht.
Kein Hörender, der nicht vernähme durch mein Ohr,
Und kein Gewalt'ger, dem ich nicht stände vor.
Es schaut und hört und spricht kein Wesen ausser mir,
Von Allen, welche einst erschaffen wurden hier.
Was durch Zusammensetzung hier den Sinn entzückt,
Wird durch die Formen nur der Sinne ausgeschmückt,
Und jeder inn're Sinn, der sich zu äussern strebt,
Wird durch Gestalt des Leibs geformet und belebt.
Das was der Geist enthüllt durch Scharfsinn [403]) und Verstand,
Bleibt dem Erklärenden des Sinnes unbekannt.
Die Huld ausdehnende. in Hoffnung ganz befangen,
Gewährt auf Erden schon den Menschen ihr Verlangen. [404])
Die Furcht einengende, Entsagungen ergeben,
Erhöht des Menschen Aug zu einem höh'ren Leben.
Die nächste Nähe liegt in beiden Eigenschaften,
Auf, auf, Begehrende! [405]) zu guten Eigenschaften.
Wo endet Raum und Zeit, [406]) hör ich nicht auf als Einer.
Zu schauen in mir selbst vollkommene Vereiner,
Und wo noch Raum und Zeit, [407]) hör ich nicht auf zu sehen
Schönheiten meines Seins, die and'rem Aug' entgehen.

Bist du von mir, so stirb, mit mir dich zu vereinen.
Streb zu entziehen dich Naturen, den gemeinen. [408])
Nimm [409]) Zeichen an, die Weisheit, höh'rer angehören,
So die Einbildungen der Sinne dir zerstören.
Wer glaubt an Nesch und Mesch, denselben lass dabei,
Dass was er glaubt und sieht, für ihn die Wahrheit sei.
Und wer behauptet Fesch und Resch [410]) mit vollem Grunde,
Den lass für immerhin vollenden seine Runde.
Dass ich in Gleichnissen von mir dir sprech', ist Gnade,
Die leitet mehr als einmal dich die wahren Pfade.
Denk dem Serudscher nach und seinen Makámát,
Die mannigfalt'ger Zung', nimm an den guten Rath,
Erkenn' den inn'ren Sinn, wenn noch so mannigfalt
Des Aeusseren Figur und Formen und Gestalt.
Kein Wunder, dass er sich zum Wort das Gleichniss wähle,
Denn ernst ist mehr, so sagt schon der Koran, die Seele. [411])
Du sollst scharfsichtig schau'n, du sollst erwägen treu,
Ob deine Handlung nur der Seele Wirkung sei,
Sieh zu, wenn du für Schwung [412]) der Seele hohen bist,
Ob ohne Spiegel du's, ob es im Spiegel siehst,
Ob in der Seele sich die Handlungen abmalen,
Ob du sie schauest nur durch Widerprall der Strahlen,
Ob du nur hörst vielleicht Paläste-Wiederhall, [413])
Wenn vom Gebäu' zurück zu dir abprallt der Schall,
Ob Jemand ausser dir noch sprach in dem Revier,
Ob du gehört das Wort des Sprechenden zu dir.
O sage mir, von wem hast Wissenschaft getrunken,
Denn deine Sinne sind in Trägheitsschlaf versunken?
Da du nicht weisst, was sich vor dir begab im Leben,
Und nicht was morgen sich nach dir wird noch begeben,

Und doch hast Kunde du von Zeiten, die verschwommen,
Und von Geheimnissen, die künftig werden kommen.
Glaubst du, dass ausser dir der Freund der Wächter sei,
Der dir im Schlafe spricht von Weisen mancherlei?
Die eig'ne Seele ist's, die von sich abgezogen,
Von dieser Welt hinauf in höhere geflogen,
Die aufgeschwungen sich in das geheime Land, [414])
Den wunderselt'nen Sinn herabbringt dem Verstand.
Sie ist's, die drückt in dir die Wissenschaften ab.
Sie ist's, die Namen dir wie deinem Vater gab. [415])
Die Wissenschaft ist dir nicht ausser dir gekommen.
Was du davon benützt, hast aus dir selbst genommen.
Wär's mit dir abgezogen vor dem Schlaf vertraut,
Du hättest sie wie mich mit klarem Aug' geschaut.
An Abgezogenheit von dieser Welt halt' fest,
Von der der anderen bereite dir ein Fest. [416])
Sei eingebildet nicht auf das, was die Vernunft
Dich hat gelehrt und dann das Andre übertrumpft.
Weit hinter der Vernunft ist zarte Wissenschaft,
Die dich von jener Stuf' empor zu höh'rer rafft.
Die Wissenschaft ward dir von mir (o Mensch bedenke!)
Und meine Seele ward darin dir zum Geschenke.
Du spiele nicht mit Scherz und fasle nicht im Leben.
Du sei den Possen nicht, dem Ernste sei ergeben!
O hüte dich und wend' dich ab von allen Bildern,
Von allen Fantasei'n, die nur Geträumtes schildern,
Von dem Phantom, das sich im Schlafe dir nur weis't,
Vom Spiel, das leer, sobald den Vorhang du zerreisst!
Du wirst die Dinge seh'n wie hinter'm Vorhang sie
Erscheinen werden dir (in ew'ger Harmonie).

Die Gegensätze hat die Weisheit all' vereint,
Und jegliche Gestalt in jeder Form erscheint.
Was ruhte, wird bewegt, und was verstummte, spricht,
Erleuchtet wird der Mensch nicht von dem eig'nen Licht.
Bald freust du dich auf eine ausgelass'ne Weise,
Bald weinest du aus Traurigkeit wie eine Waise,
Bald trauerst du, dass du beraubet seist der Gnade,
Und bald frohlockest du, dass dir geworden Gnade. [417])
Du siehst den Vogel auf dem Zweig, der modulirt
Die Töne so, dass dann daraus Wehklage wird;
Du wunderst dich des Tons, du wunderst dich der Sprache,
Wie sich in fremder Zung' das Thier verständlich mache.
Es kommen die Kameel' aus Wüsten her gezogen,
Es gehen in dem Meer die Schiff' einher auf Wogen.
Du schauest auf dem Land' einmal ein Doppelheer,
Ein andermal die Schlacht desselben auf dem Meer.
Ihr Kleid gewebter Stahl, der deckt den Leib den ganzen,
Und ihre Schutzwehr sind die Spitz' von Schwert und Lanzen.
Die Kämpen, die zu Land, sind Reiter ihrer Zeit,
Und die zu Fusse sind die Herr'n der Tapferkeit.
Es reiten auf dem Schiff die Tapferen zu Meer,
Sie steh'n als Steuermann [418]) gerade wie ein Speer.
Die schlagen mit dem Schwert, die stossen mit dem Speer, [419])
Dem starken, heftigen, geschaftet von Semher,
Die einen sind versenkt in ihrer Pfeile Gluth,
Mit Flamme, bläulicher, die brennet in der Fluth. [420])
Du siehst ein Heer entbrannt von Eifer vorwärts zieh'n,
Du siehst das andere besiegt, erniedrigt flieh'n,
Du siehst aufrichten sie die Steine und Ballisten,
Um hohen Wall damit und Schlösser zu verwüsten.

Was du für Leiter hältst, sind abgezog'ne Geister,
Die Dschinnen, die im Land' betheil'gen sich als Meister.
Von Menschen haben sie die menschliche Figur,
Doch von dem Vater Dschán die Anlag' und Natur.
Der Fischer wirft das Netz [421]) zum Fange in den Fluss,
Und zieht heraus die Last der Fische zum Genuss.
Der Vogelsteller stellt die Netze auf zum Fang,
Auf dass mit selben [422]) er die magren [423]) Vögel fang'.
Die Bestien des Meers zerbrechen Schiffe starke,
Auf Beute lauert Leu, dass er dadurch erstarke;
Der Vogel raubt im Feld die Vögel, welche nisten;
Ein Thier das andre frisst in Wäldern und in Wüsten,
Und manches Andre noch, das ich hier unterlassen,
Ich habe nur erwähnt, was mir hier schien zu passen.
Ein Beispiel nimm an dem, was ich dir hier gesait, [424])
In Einem Augenblick erfass' die lange Zeit.
Das was du hier geseh'n, ist Eine Handlung nur,
In mannigfacher Form verdeckt [425]) von der Natur.
Ziehst du den Vorhang weg, so siehst du Andres nicht,
Die Formen zeigen sich dir all' in Einem Licht.
Durch die Enthüllung wirst den wahren Weg geleitet,
Und in der Finsterniss die Handlungen bereitet.
So fliegt dann zwischen mir und mir empor der Flor,
Das ist der Leib, aus Finsterniss bricht Licht hervor,
Es wird nur nach und nach der Sinn damit vertraut,
Es wird die Neuerung auf einmal nicht geschaut,
Es wird vereint allhier dem Ernste Scherz und Spiel,
Damit du fassen mög'st auch das entfernte Ziel.
Wir haben hier vereint zwei Dinge durch Vergleich,
Des Gauklers [426]) Zustand ist nicht meinem Zustand gleich;

Denn seine Formen sind nur äusserliche That,
Die zur Erscheinung stets des Vorhangs nöthig hat.
Dem Gaukler gleich macht' ich der Seele Zeitvertreib, [427]
Die Sinnen und die Form, der Vorhang ist der Leib,
Und wann der Gaukler dann den Vorhang zieht empor,
Erscheinet mir sogleich die Seele ohne Flor.
Wann aufgegangen dann die Sonn' in voller Kraft, [428]
Und aufgelöset ist das Band der Bruderschaft, [429]
Wann todt der Sklav', die Seel' vom Stehen an der Wand, [430]
Gescheitert ist das Schiff (gerennet an den Strand),
Kehr' ich durch eigne Hilf' zurück zum Weltenall,
Nach meinen Handlungen in aller Zeiten Fall.
Wenn Gottes Eigenschaft verhüllt' Ihn nicht als Schleier, [431]
Verging mein Aeusseres nicht vor dem Glanz' in Feuer.
Wenn Zungen der Geschöpf' nicht auftreten als die Zeugen
Um die Einswerdung durch ihr Wesen zu bezeugen,
Dann steht die Ueberlief'rung des Propheten fest,
Die an der Richtigkeit nicht Zweifel übrig lässt, [432]
Die von Annäherung und Liebe Gottes spricht,
Durch gutes Werk sowohl, als durch erfüllte Pflicht.
Was hier Ermahnung meint, ist Allen offenbar,
Und wenn du sie anhörst, wie's Licht des Mittags klar.
Ursachen suchte ich bis ich Einswerdung fand
Und Ursach' mittelte, ward des Beweises Band.
Der Ursach' folgt' ich nach, bis ich mich d'rinn verlor,
Und die Einswerdung selbst als Band mir schwebte vor,
Die Seele zog ich ab von Beiden bloss allein,
Kein Tag, wo es mir nicht genehm allein zu sein.
In dem Versammlungsmeer taucht' ich bis auf den Grund,
Bis ich daraus gefischt der einz'gen Perlen Fund.

Ich hörte meine That nur mit des Geistes Ohr,
Die Worte schwebten mir durch Aug' des Ohres vor,
Wann in dem dichten Hain' die Nachtigallen schlagen,
Und wann von jedem Baum die Vögel Antwort sagen,
Wann vom Psalterion geschwung'ne Saiten schallen,
Und von der Hand der Sängerinn dann wiederhallen,
Wann sie Gedichte singt, von denen jedes zart,
Verwandelt jeden Baum in Edenslotos Art,
Wann ich der Kunst mich freu', und dass mein Ich gereinigt,
Sich mit Genossen nicht, mit Freunden nicht vereinigt, [433])
Wann Aufmerksamkeit im Kreis wie auf ein Buch [434]) gespannt,
Und vor der Schenke Thür [435]) kein Vorhang ist gespannt,
Wann [436]) Magengürtel, der um meine Hand gebunden,
Durch Worte des Islams [437]) wird aufgelöst gefunden,
Wann den Altar des Gebr [438]) der Hochaltar [439]) ersetzt,
Das Evangelium nicht Christenkirch' verletzt,
Wann Moses Bücher nicht in jeder Nacht Rabbiner, [440])
An des Gesetzes statt Gott anzurufen dienen,
Wann Buddha's Diener nicht sich bücken vor den Steinen,
Und mit Anhänglichkeit an sie zu beten meinen,
Wann selbst des Goldes Sklav' [441]) gereinigt und begnügt,
Dem Spott des Götzendienst's nicht weiter unterliegt,
Verheissung meine gilt nur dem, der sie versteht, [442])
Entschuldigt ist das Volk, das selber widersteht.
Nicht alle Völker sind's, die in der Ansicht schwanken,
Nicht jede Secte irrt im Felde der Gedanken.
Der Sonnanbeter liebt das Licht der Sonn' am Morgen,
Und er verehrt sie, wann im Westen sie geborgen.
Des Magiers Feuer war (so ist's auf uns gekommen),
Durch mehr als tausend Jahr auf dem Altar entglommen,

Sie wollten doch nur mich und keinen andern noch,
Und äusserten sie's nicht, so war's die Absicht doch.
Sie sahen nur mein Licht, im Feuer sahen's sie,
Und wurden irrgeführt durch Strahlenharmonie.
Ich würde sagen es, wenn nicht des Aeuss'ren Schleier
Gesetzlichen Gebot's verböt' zu sprechen freier. [443]
Vergebens hat der Herr den Menschen nicht erschaffen,
Wenn seine Handlungen auch nicht das Beste trafen; [444]
Durch Gottes Namen geht der Menschen Thun und Lassen, [445]
Die Weisheit schreibet vor das was zu thun und lassen.
Geleitet werden sie hier durch Beschlüsse zwei, [446]
Durch Griff, der selig macht und der vermaledei.
Nur so erkennt der Mensch die Wahrheit und den Wahn, [447]
Und jeden Morgen lies't er dieses im Koran. [448]
Nur aus sich selbst erkennt die Seele, was sie werth,
Erkennet aus dem Sinn, was sie gehofft, begehrt.
Ich wäre gottlos, wenn ich selber Eins mich setzte,
Und durch Vielgötterei den, der mich schuf, verletzte.
Zu tadeln bin ich nicht, wenn ich die Gaben spende,
Und meinen Jüngern Gut, das reichlichste, zuwende.
Mir wird's vom Spender, [449] Ihm, der mich damit begrüsst,
Durch einen Wink auf Ihn, da Gott der nächste ist. [450]
Von seinem Lichte wird die Leuchte [451] angefacht,
Die meinen Abend gleich dem hellen Morgen macht.
Es war in Ihm mein Sein, ich sah es anders nicht,
Ich sah in Ihm mich selbst, mein Antheil ward das Licht,
Ich war im heil'gen Thal, ich zog die Schuhe aus, [452]
Dem Rufer folgte ich mit Ehrenkleid in's Haus. [453]
Ich sah [454] mein eignes Licht, und ward dadurch geleitet,
Genügend [455] ist der Glanz, den du dir selbst bereitet.

Mein Sinai [456]) steht fest, Gebet gibt er mir ein,
Bestimmte meine Art, der **Redner** [457]) war mein Sein.
Nicht untergeht mein Mond und meine Sonne nicht,
Die Sterne haben all' von meinem nur ihr Licht,
Des Himmels Sterne geh'n nur ihres Laufes Bahn
Durch mich, und meine Engel beten mich nur an. [458])
Die Seel' erinnert sich in jener Welt [459]) der Fährten,
Die Wissenschaft gesucht bei mir von den Gefährten. [460])
Auf! auf! zur ewigen Versammelung der Geister,
In welcher kleine Kinder sind die grauen Meister!
Es trinken nur den Rest von mir die Zeitgenossen,
Das Treffliche vor mir ist von mir ausgeflossen.

Anmerkungen.

[1]) Die Hand des Augenwinkels oder Augapfels darf gar nicht Wunder nehmen, da der Araber der Sonne Hände gibt, welche die Strahlen der Sonne weben oder spinnen; beiläufig sei gesagt, dass dies die einfachste Erklärung der bisher allen Entzifferern unverständlich gebliebenen bekannten Hieroglyphe der mit Händen begabten Sonne ist. Die Strahlenhand der Sonne findet sich auch in dem von Rückert übersetzten König Nala's Frühlings-Hofhalt, Strophe 42.

[2]) Wortspiel zwischen Schemáïl, Eigenschaften, und Schemúl, eingekühlter Wein.

[3]) Wortspiel zwischen Háne (dessen tá des Metrums wegen لضرورة الشعر weggelassen ist), Weinschenke, und Háne, es ist an der Zeit.

[4]) Fitjet, Ritter, Helden, Genossen.

[5]) Wortspiel zwischen chalwet, Einsamkeit, und dschelwet, Glanz.

[6]) Len teraní, du wirst mich nicht sehen; das vom Herrn auf dem Sinai zu Moses, der ihn zu sehen wünschte, gesprochene Wort: Du wirst mich nicht sehen. 143. Vers der VII. Sure.

[7]) Wortspiel zwischen Fáka, Bedürfniss, und Ifáka, die Rückkehr zur Nüchternheit.

[8]) Die richtige Lesart des Textes von V. 11 gibt oben Vers 479. — V. 12. Ohne die Verklärung durch Gottes Anschauung.

[9]) Wortspiel zwischen Núh, Noe, und Newh, Wehklage.

[10]) Bezieht sich auf die Pein, welche Abraham in der Feuergrube ausstand, in die ihn Nimrod auf Anrathen seiner Genossen, zur Strafe der Zertrümmerung der Götzenbilder, hatte werfen lassen. (Vgl. Sure XXI, V. 68 und 69, und Raudhat-es-Ssafá S. 163 ff.)

[11]) Des unaufgezäumten Kamels, wenn andere Kamele aufgezäumt davon gehen.

[12]) Die Commentatoren sind uneinig, ob خلد als Chaled, der Sinn, das Gemüth, oder als Chuld, eine Art Maulwurf, welcher die Karawanen von weitem hört, zu lesen sei; in der Uebersetzung ist die letzte Lesart vorgezogen.

[13]) Kirám-ol-Kátibín, die geehrten Schreiber (u. d. Engeln), welche die guten und bösen Handlungen der Menschen aufzeichnen. Sure LXXXII, V. 10 u. 11.

[14]) Schewk, die Sehnsucht nach Genuss, Ischtiák, die Wollust im Genuss.

[15]) Wortspiel zwischen Finá, das Vorhaus فناء الدار, Comm. Dáúd Kaissarí's, und Fená, Verderben.

[16]) Ein Gegensatz zwischen Unten und Ueber.

[17]) Sát wird hier vom Commentare als Nefs erklärt, dies heisst sowohl Seele, als Begierde und Lust; die letzte Bedeutung scheint hier die vorzüglichere.

[18]) Der Commentar des Káscháni hebt das doppelte Wortspiel zwischen wehimtu und wehemtu hervor, indem nicht nur im Laute Aehnlichkeit, sondern auch in der Schreibweise vollkommene Gleichheit der Buchstaben vorhanden ist: وَهِمْتُ, wehimto, und ich irre: وَهَمْتُ, wehemto, ich bilde mir ein.

[19]) Wortspiel zwischen Béinet, Beweis, und Bonijet, der Körperbau.

[20]) In diesem Distichon ist ein doppeltes Wortspiel, erstens zwischen Mihnet, Gram, und Minhat, Geschenk, zweitens zwischen dem Worte Hall in ما حل بي, welches im ersten Hemistich bekanntermassen was (mich) trifft (von Unglücksfällen), im zweiten Auflösung bedeutet.

[21]) Dieses Distichon vereint das dreifache Verdienst, wodurch diese Kaſsidet so grossen Ruf erworben hat: nämlich erstens die Antithese zwischen der Ewigkeit und der heutigen Zeit; zweitens das Wortspiel (التجنيس الخطي) zwischen Kinijet, Besitzthum, Capital, und Fitjet, Mamluken (العبيد العرب تقول لسكل مملوك فتى, Dáúd Kaifs.), und drittens das Seltsame des Wortes, indem Fitijet in dem Sinne von Mamluken sich gar nicht in den Wörterbüchern findet.

[22]) Wie Iblís den Adam. (Der Satan ist hier اللاحي κατ᾽ ἐξοχήν genannt.)

[23]) Wortspiel zwischen halleiti, du schmücktest, und ehalleiti خليت بينها [الهوى] وبيني يعني اسلمتني اليها d. h. du überliesest mich demselben (dem Leiden).

[24]) Taharrusch, die Krokodillenjagd.

[25]) Ohne den Commentar wäre es unmöglich zu errathen, dass terá (du siehst) hier das erstemal du erkennest, du siehst ein (تعلم), das zweitemal du triffst (تلقى) heissen soll.

[26]) el-Wodd.

[27]) el-Welá.

[28]) Bezieht sich auf die Ueberlieferung: Das Paradies ist von Widerwärtigkeiten umgeben, das Höllenfeuer aber von Freuden und Gegenständen der Lust.

حفت الجنة بالمكاره وحفت النار بالشهوات

[29]) Wortspiel zwischen Mefḳeh und Mefḳeh, das erstemal heisst es Ritus, Secte, das zweitemal der Weggang, und zwischen ملت milltu, ich wich ab, und ملتي milleti, abhängig von فارقت, ich trennte mich von meinem Glaubensbekenntnisse.

[30]) el ákdo-es-sábik, der Vertrag der Seelen, als sie Gott anrief: Bin ich nicht Euer Herr? und sie Alle: Bela, bela, Jawohl! Jawohl! antworteten.

[31]) el-ákdo-el-láhik, der spätere Vertrag mit dem Propheten.

[32]) Bezieht sich auf den Koranvers: Wir haben den Menschen erschaffen in der schönsten Gestalt. (Sure XCV, V. 4.)

[33]) en-Noha, Plural von Nohjet, erklärt der Commentar Kaschání's als synonym mit ákl.

[34]) Nossák, Andächtige, welche die Wallfahrtspflichten verrichten.

[35]) Fitnet, sonst Unruh, hier nach dem Commentare synonym mit Liebe.

[36]) Hairet, das Erstaunen, in welchem man das Bewusstsein verliert: das Erstaunen naht sich hier dem admirari des Horaz: Weh mir, wenn mich etwas Anderes in dieses Erstaunen versetzen könnte, als Du!

[37]) Ekmeh, der von Geburt aus Blinde.

[38]) Wörtlich: Wie viele Nacken, die darnach begierig sind, wurden schon in Stücke zerhauen!

[39]) Bezieht sich auf den 185. Vers der II. Sure: Die Gerechtigkeit besteht nicht darin, dass ihr in die Häuser von rückwärts eingeht.

[40]) Bezieht sich auf den 10. Vers der LVIII. Sure: O ihr, die ihr glaubt, wenn ihr heimlich koset, koset ohne Feindschaft!

[41]) ب

[42]) Von den vier Handschriften, nach welchen diese Uebersetzung verfertigt ist, hat der Commentar Káscháni's Ewfáḳe, der Dáúd Kaifsari's Ebdáḳe, die Handschrift der Hof-Bibliothek Ibḳáḳe, so auch der Diwan der Leydner Bibliothek.

[43]) Ḥeiḥát.

[44]) Nach dem Commentare ein Ermahnungswort.

[45]) Hibb, das Liebchen, Wortspiel mit Hubb, Liebe, wie im Deutschen.

[46]) Nach dem Verlaufe deines Lebens, dem Laufe der Natur gemäss.

[47]) Doppeltes Wortspiel zwischen Wefát, Tod, und Wefá, Treue, sowie zwischen Schání ما ان بالثانى, ich scheue nicht, und Scháni, mein Rahm.

[48]) Edschel edscheli u. s. w., ja fürwahr, ich füge mich in meinen Tod, Wortspiel.

[49]) Beflet, schlichtes Kleid, Wortspiel mit Befl, Hingabe, Aufopferung.

[50]) Wortspiel zwischen tásifi und túsifi; das erste erklärt der Commentar des Dáúd Kaifs. mit اخذ على غير طريق (sich etwas ungerechterweise aneignen), und das zweite mit "الإسعاف قضاء الحاجة (seinem Wunsche nachgehen, denselben befriedigen).

[51]) Wortspiel zwischen Wáid, Drohung, und Wád, Verheissung.

[52]) Wortspiel zwischen feesidi, beglücke, und isteáddet, ist vorbereitet.

[53]) Wortspiel zwischen katil, Erschlagener, und kabil, Stamm.

[54]) Wortspiel zwischen ahallti und ahallet; das erste heisst: wenn Du die Geliebte für gerecht hältst, und das zweite: wird in dem Zustande sich befinden.

[55]) Wortspiel zwischen eblet, sie verdirbt (meine Eingeweide), und ebelleti, sie heilt.

[56]) Im Texte stehen für das in der Uebersetzung zweimal vorkommende Wort Schwäche die beiden arabischen Synonyme Weḥn und Ḥewán.

[57]) Wortspiel zwischen deredschát, die höchsten, und dereḳát, die untersten Stufen.

[58]) Mochliden heisst hier nicht ewig, sondern allmälig herabsinkend. Der Commentar Káscháni's führt zum Beweise den 175. Vers der VII. Sure an: ولكنه اخلد الى الارض, aber er neigte sich der Erde zu; ohne Commentar wäre es nicht zu errathen.

[59]) Das erste Wort ist nicht كان, sondern كان statt كان zu lesen, wie die Commentare ausdrücklich sagen.

[60]) Kina, Metonymie.

[61]) Wörtlich: ein Traumbild besessen von Dschinnen.

[62]) Doppeltes Wortspiel zwischen عز (von den Commentaren durch امتنع ist schwer oder unmöglich erklärt) und عزتي meine Ehre, sowie zwischen ما لذلى الذل u., welch letztes Wortspiel im Deutschen durch Schmach und schmecken wiedergegeben ist.

[63]) Doppeltes Wortspiel zwischen Háli, mein Zustand, und Hálin, sich schmückend, zwischen Modelleh, erschrocken مدهوش, und Mefellet, Demüthigung.

[64]) Rakib, Wächter, Nebenbuhler. Im Allgemeinen versteht der Dichter unter diesem Wächter diejenige geistige Eigenschaft, welche den Liebenden hindert, zum Genusse der Einheit mit dem geliebten Gegenstande zu gelangen, d. h. in ihm

ganz aufzugehen: das Selbstbewusstsein der Persönlichkeit als Ich.

[65]) Hidsehá, die Vernunft.

[66]) Wortspiel zwischen Ibáret, Ausdruck. und Ábret, Thräne.

[67]) Die Commentare sagen, dass unter dem ersten bádh die Begierde und unter dem zweiten die Vernunft zu verstehen sei. Die Commentare erklären darauf den Begriff von dschewánih durch die niederen und fikr durch die höheren Seelenkräfte, vor denen beiden die Liebe Geheimniss bleiben soll.

[68]) Mahbúbet, der Geliebten.

[69]) Chawáthir, die aufsteigenden Gedanken, welche nach den beiden Commentaren in vier Classen zerfallen: 1) in die göttlichen, 2) die englischen, 3) teuflischen und 4) in die begierlichen.

[70]) ألست, in einigen Exemplaren ألست, so im Káschání.

[71]) Zwei Wortspiele für eines in diesem Distichon: Tarakket und Athrakta, wovon das erste die gäh aufspringende Eingebung, das zweite das Niederschlagen der Augen bedeutet; dann zwischen cháthir, die Eingebung, und bilá háfir بلا حاظر, ohne Hinderniss.

[72]) Abermals doppeltes Wortspiel zwischen tharf, der Blick, und jothraf, abgewendet, so wie zwischen keffí, meine Hand, und koffet, zurückgezogen.

[73]) Wortspiel zwischen raghbet, Verlangen, und rehbet, Furcht.

[74]) Wortspiel zwischen fahmet, Belästigung, und rahmet, Barmherzigkeit.

[75]) Wortspiel zwischen jafsmut, schweigt, und fsommet, verstummt.

[76]) Im Commentare Káschání's und in dem Diwan der Leydner Bibliothek يقظتي (mein wacher Zustand); im Commentare von Dáúd Kaifsarí: يقضي.

[77]) Oben, unten, rechts, links, vorn, hinten.

[78]) Hadsch, die grosse Wallfahrt, Omret, die kleine zur Capelle dieses Namens.

[79]) Unter dem Makám wird hier die Stäte verstanden, wo Abraham zu Mekka stand.

[80]) Wortspiel zwischen Ssalát, das Gebet, und Ssalla, die gewöhnliche Formel des Segens über den Propheten: Ssallalláh ála Mohammed, d. i. Gott sei Mohammed gnädig!

[81]) Wortspiel zwischen Owáchi (1. Pers. des Impf. der 3. Form آخى, hier enthüllen) und Awáchi (Plural von Áchíjet), die in die Wand eingeschlagenen Pfähle, wo die Halftern der Kamele befestiget werden.

[82]) Wörtlich: am Tage, vor dem kein anderer ist.

[83]) Der Vertrag der Seelen mit Gott, der sie fragte: Bin ich nicht Euer Herr? worauf Alle Bela, Bela! d. i. Jawohl, Jawohl! antworteten.

[84]) Was noch keine Dauer hatte.

[85]) Das letzte Wort lautet (wie schon der Commentar Káschání's bemerkt) in verschiedenen Exemplaren verschieden; in dem Káschání's بمردة, in dem Commentare der Handschrift der Hof-Bibliothek und im Commentare Dáúd's von Kaifsaríje ebenso, in dem Diwan der Leydner Bibliothek بمرتي. Der Commentar Káschání's hat im Text bi morídeti, was bi mefídeti heissen sollte, denn erst hernach wird bemerkt, dass einige Handschriften bi morídeti statt mefídeti hätten; die Uebersetzung hält sich an diese Lesart.

[86]) Beide Commentare sagen, dass sich dies auf den Spruch bezieht:

من عرف نفسه فقد عرف ربه

welches aber doppelt verstanden werden kann; entweder: wer seine Seele kennt, kennt seinen Herrn (Deum), oder: wer seine Begier kennt, kennt seinen Herrn (Dominum).

87) lem tedri, sie wusste nicht.

88) schohúd.

89) Wortspiel zwischen أَلْفَيْتُ, ich fand, und أَلْقَيْتُ, ich traf; Gegensatz zwischen وارِدًا und صادِرًا.

90) Das Détail, اَلتَّفْصِيل.

91) Idschmálen, in ein Ganzes zusammengefasst, im Ganzen.

92) Den Liebenden bei der Geliebten und umgekehrt.

93) Bezieht sich auf die Ueberlieferung des Propheten: Haltet eure Schafe (die ihr als Opfer darbringt) in Ehren, denn sie werden eure Reitthiere sein über die Brücke Sirálh.

94) Bi wafsfihi ganaitu, ich begnüge mich mit der Beschreibung (der Armuth).

95) Felahe feláhí fi iththiráhí, diese gleichlautenden Wörter heissen wörtlich: Es leuchtete mir ein das gute Werk (od. das Glück) meines Wegwerfens (der Armuth und des Reichthums).

96) Káschání und der Diwan der Leydner Bibliothek übereinstimmend; im Commentare des Káschání fehlt dieses Distichon, so wie die vier folgenden.

97) ظَلَمْتُ statt ظَلَلْتُ.

98) Inábet, die Rückkehr von Gott zu Gott.

99) Bezieht sich auf den Spruch der Ssofi: Der Weise ist der Sohn der Zeit, doch die Zeit ist ein schneidendes Schwert.

100) Wortspiel zwischen: dschoTí, schneide, Tedschud und tedschid, wenn du stirbst, so wirst du Ruhe finden; dschodte und dscheddet, ist glücklich, das erstere hergenommen von dschád-el-fers (das Pferd läuft schnell). Uebrigens ist die Lesart نفرا des Textes in نفسا (راحة) zu verbessern.

101) Wortspiel zwischen aufet fe weffet, das erste von Erfüllung der Verträge, das zweite von der Treue (wefá) hergenommen.

102) Der Commentar erklärt, dass der erste ein die Bäume ihres Laubes beraubender Sturm, der zweite ein die Blätter der Bäume heraustreibender sanfter Frühlingswind sei.

103) Wortspiel zwischen moda, Plur. von modjet, das Opfermesser, womit man Schafe schlachtet, und moddet, wörtlich der Lohn des Reichen, dem die Linke wie die Rechte zu Gebote steht, ist wie das Messer, womit die Schafe geschlachtet werden, so lange die Hände nach Liebesgenuss sich ausstrecken.

104) Dieser Vers, so wie der vorhergehende gehört zu den dunkelsten des Gedichtes. Durch Aufrichtigkeit vergütet der Reichthum die Armuth.

105) Wortspiel zwischen el-lisán, die Zunge, und elsen, der Beredte.

106) Hier geht das Sie, der geliebte Gegenstand, auf einmal in Er über: anhu.

107) Semt, sonst der Zenith, heisst hier Zweck, Absicht.

108) Men fannahu statt men alimehu.

109) Gadá als Hülfszeitwort statt des gewöhnlichen afsbaha.

110) Dschemí, die Sammlung des Geistes, im Gegensatze der Zerstreuung فَرْق.

111) Tharíka, der mystische Pfad.

112) Wortspiel zwischen ķefelet mit ķelleftoķá, teķlíf, ķelifto und ķolfetí, die letzten vier alle von derselben Wurzel.

113) Das Wortspiel des Originals zwischen úbúdíjet, Gehorsam (eine der mystischen Stäten) und úbúdet, Sklaventhum, ist im Deutschen durch das Wortspiel Stäte und bestätigen wiedergegeben.

114) Áánakto, ich umarme, heisst hier, wie die Commentare sagen, so viel als láfemto und schâhidí, mein Zeuge

ist der Geist; efs-fsahw bád-el-mahw, wörtlich die Nüchternheit nach der Auslöschung.

115) Wortspiel zwischen rofito, ich bin erhöht worden, und rifáti, meine Erhöhung.

116) Menáfe tewhído hibbihi heisst wörtlich (hubb, die Liebe, hibb, das Liebchen): wem in seiner Liebe die Einswerdung mit dem Liebchen unmöglich ist, verbrennt ein Stück derselben durch Abgötterei.

117) Wortspiel zwischen schâne, schändet, und schán, der Zustand, die Würde, und zwischen siwa, ausser, mit siwa, der Andere.

118) Abermals lauter Gegensätze, erst zwischen erúh und agdú statt des gewöhnlichen emseíto und afsbahto; dann muéllifí, der mich sammelt, (eldschámi) [Gott] und mosehettití, der mich zerstreut (meine Seele, meine Begier), und zwischen schohúd und wodschúd.

119) Lobb, die Vernunft; selb, die Abwesenheit derselben, der Wahnsinn.

120) Ichál, ich halte dafür.

121) Káb-sidret-il-montehá, d. i. die nächste Nähe des himmlischen Lotos.

122) Der Commentar sagt ausdrücklich, dass hier werá, was sonst hinter heisse, oben bedeute.

123) Am Berge Árafát.

124) Namen von drei Paaren berühmter Liebenden. Siehe Bd. II der Gesch. der arab. Literatur S. 362, 370.

125) Nekbet.

126) أبداً der Commentar Dáúd's von Kaifsarije supplirt امرأة بديعة d. h. an welchem schönen Weibe nur immer.

127) Áfet, die Geliebte Koseir's. Siehe Literaturgesch. II. Bd., S. 362.

128) Boseinet, die Geliebte Dschemil's.

129) Dieses Distichon, dass sich im Diwan der Leydner Bibliothek und im Commentare Káscháni's befindet, fehlt in dem Dáúd's von Kaifsarije.

130) Die Liebenden und die Geliebten.

131) Wortspiel zwischen we hum und wehm, zwischen we himme und wehum.

132) Feta, der Liebesheld der Ritter, desshalb heissen die im zweiten Bande der Literaturgeschichte angeführten berühmten liebenden Ritter Liebeshelden.

133) El-máíjet, die Mitmirheit, der Commentar Káscháni's definirt das Wort el-máíjet, d. i. die Mitmirheit nach Afsmái als Scharfsinn, der Commentar Dáúd's von Kaifsarije hingegen hat vier Mitmirheiten: 1. die der Ursache und Wirkung derselben, 2. die Mitmirheit der Zeit, wo die von einander entfernten Zeiten (Jugend und Alter) durch die Liebe in Eins zusammenfallen, 3. die Mitmirheit des Ortes, wo die Entfernung wahrer Liebe nicht schadet, 4. die Mitmirheit der Erhöhung und Erniedrigung, weil die Liebe allen Unterschied der Stände aufhebt.

134) [illegible] supplirt der Commentar Dáúd's.

135) Wortspiel zwischen fsadd, abwenden, und dhidd, der Gegner.

136) Wortspiel zwischen áádet, Gewohnheit; ádedto, ich bereitete mir, und óddet, Vorbereitung, Rüstung; sowie zwischen ósto, ich schützte mich, und ódto, ich kehrte zurück, was das fünfte Wort des [illegible] Distichons ist.

137) Ssamt, das Schweigen, steht hier nach dem Commentare für Fasten.

138) Ich machte die Nacht lebendig (durch Gott), eine gewöhnliche Redensart.

139) Wird, Stossgebet, Lobpreis, mit einer Seitenbeziehung auf Werd, Bewässerung, weil nur durch dieselbe der Grund fruchtbar wird.

140) Semt, Würde, Ansehen.

141) Wortspiel zwischen kúwwet, Stärke, und kút, Nahrung.

142) Nosk, das hier mehrmals mit Andacht übersetzt ist, heisst im strengsten Sinne nur die Erfüllung der Wallfahrtspflichten.

143) Wortspiel zwischen ohílek, ich werde dich überlisten, und mostahíl, das Unmögliche.

144) In der des Dibjet, des schönsten Menschen.

145) Den Dibjet.

146) Das erste fikr, synonym mit Koran, das zweite Erwähnung.

147) Wortspiel zwischen نقيع sein reiner süsser Quell, und بقيع in einem wüsten Thale.

148) Elála mit Wegwerfung des Waw, der Plural von Ewwel, die Propheten vor Mohammed.

149) Ssaunen li mewdhii hurmetí, heisst wörtlich: um zu bewahren den Ort meiner Achtung.

150) Der 36. Vers der XVII. Sure.

151) Die Propheten vor Mohammed.

152) Dem Propheten.

153) Feta, der Held, der Ritter, d. i. Álí.

154) La táschu, Anspielung auf den 35. Vers der XLIII. Sure: wemen jáschu, wer sich abwendet von der Erwähnung des Allbarmherzigen.

155) achscha gaíne isári gairí, wörtlich: fürchte dich vor dem Lichtschleier der Wahl (des Wegs) Anderer (als des meiner Werke): gain, der Lichtschleier, im Gegensatze von er-rein, der dichte Schleier der Finsterniss (Dáúd Kaifsarí).

156) Ssáhí-ol-fuád, von heiterem Herzen. Wortspiel mit há fsahá, was abgekürzt für já fsáhibí.

157) Wortspiel zwischen welá, die Liebe, und wilájet, die Heiligkeit.

158) Anspielung auf den 5. und 6. Vers der CI. Sure: Dessen Wagschalen am Tage des Gerichts niederschweren, dem wird es gut, dem aber, dessen Wagschalen leicht auffliegen, schlecht gehen.

159) Hof, Wortspiel mit dem dschof des vorigen Distichons.

160) Gadá statt afsbahu. Hülfszeitwort: gadá hemmoho isáre tesíri himmeti, wörtlich: dessen Streben dahin geht, die Einwirkung seines Strebens den Herzen einzuprägen.

161) Wortspiel zwischen dscherret, zieht, und medscherret, die Milchstrasse.

162) Hier sind drei Synonyme für das Wort Schaar, nämlich: feíjet, dschem' gafír, ein grosser Haufe, und schirfimet, eine kleine Schaar; das letzte Wort bezieht sich auf den 149. Vers der VI. Sure: Sag', dies ist hinlänglicher Beweis.

163) Wortspiel zwischen femút, stirb, und emmetí, dem du als Imam vorgestanden.

164) Hena, wohlbekommen.

165) Mensí, das Vergessen, wird vom Commentar als niedere Station erklärt; esmá, die Höhe.

166) Das viel abgenützte Wortspiel zwischen soreíja, die Pleias, und fera, Staub.

167) Der Sinai, als der Berg der Verklärung, der höchste Gipfel geistiger Vervollkommnung und der Anschauung Gottes.

168) Hofto.

169) Kelím Alláh, der Redner Gottes, der Beiname des Moses.

170) Moklet Ahmedíjet, das ahmedische Auge, d. i. das Auge Mohammed's.

171) Meine Gefährten, d. i. die Propheten, wie die Commentare sagen.

172) Von den Gefährten (Káschání).

173) Dschefben, durch Einsaugung (absorptio.)

174) Kina, die Vornamen, wie Ebúl-mekárim, Vater der guten, edlen Eigenschaften.

175) Wortspiel zwischen dem Imperativ algi, wirf weg, und lá talgu, sprich nicht Worte ohne Sinn.

[176]) Bezieht sich auf den 11. Vers der XLIX. Sure des Korans, wodurch die Zunamen verboten sind.

[177]) Desshalb flieht er den Schimpf der Beinamen (Tenábof).

[178]) Garáïb, Seltenheiten.

[179]) eluladi. es-sábikún, die Vorderen, die Heiligen und Propheten.

[180]) Wortspiel zwischen dhallet als intransitives und dhallet als transitives Zeitwort; in der ersten Bedeutung verloren, wie dhalle el-leben fidhdhari, die Milch verlor sich in der Brust; das zweite verführt.

[181]) Wortspiel zwischen resm, Form, wesm, Zeichen, und ism, Name; das Ende des letzten Verses heisst wörtlich: kina au ináti, sprich in Metonymie oder epithetisch, d. i. symbolisch.

[182]) Die Commentare erläutern die drei Grade der mystischen Vollkommenheit; der erste, wo der Liebende sagt: ich bin du (der Geliebte, d. i. Gott), der zweite, wo er sagt: ich bin ich, d. i. ich bin selbst Gott, und der dritte ist derjenige, auf welchem er von diesen Anmassungen zurückkehrt und die innere Weisheit durch die Beobachtung äusserer Gebote erwirkt.

[183]) Medschfúbi ileiḳá, absorptus illâ.

[184]) Scheiche oder Jünger.

[185]) Es-sábikún, die vorigen Scheiche.

[186]) Midhatí, mein Lob.

[187]) Aus dem ersten Verse der Sure Tah (Sure XX): Wir haben nicht den Koran gesendet, dass du unglücklich seist.

[188]) Bezieht sich auf das Wort des Propheten: O mein Gott, du bist das Heil, und von dir kommt das Heil, und zu dir kehrt das Heil (es-selám) zurück.

[189]) Hálí kann sowohl mein Zustand als meine Begeisterung heissen.

[190]) Monschidden, Verse recitirend: der Commentar Dáúd's von Kaifsaríje belehrt den Leser, dass das Gedicht, von dem hier die Rede ist, mit dem ersten der folgenden 51 Distichen beginne.

[191]) Wortspiel zwischen sachet, sie war freigebig, und schachchet, sie war geizig.

[192]) Wortspiel zwischen teláfi, Wiederherstellung, und teláf, Ruin.

[193]) Futúwwet, das Helfenthum, die Ritterlichkeit.

[194]) Wie brennendes Holz am Feuer gerade wird.

[195]) Wortspiel zwischen ḳell, Lässigkeit, und ḳoll, Alles.

[196]) Dieses Distichon fehlt im Káschání, findet sich aber in dem Diwan der Leydner Bibliothek und in Dáúd's Commentar.

[197]) Remak, der letzte Lebenshauch.

[198]) Wortspiel zwischen fsihhat, Gesundheit, und fsohbet, Gespräch, Unterhaltung, Genuss.

[199]) Já en-nidá, das Ja des Vocativs.

[200]) El-maút dúneh, was härter als der Tod, der unter den Leiden steht.

[201]) Wortspiel zwischen esen und teesset: teesset, das sich nicht in den Wörterbüchern findet, heisst nach dem Commentare die Nachahmung, und Dáúd's Commentar gibt als Muster der Nachahmung die Geduld Job's, von esse, sequi vestigium.

[202]) Wortspiel zwischen ḳollo haijin und ḳollo haíjin, das erste heisst jeder Stamm, das zweite jeder Lebendige.

[203]) Wortspiel zwischen má tera und la jera, du siehst nicht und es sieht nicht, kennt nicht: ferner zwischen fsabb, leidenschaftliche Liebe, und fsabwet, Jugend.

[204]) Wortspiel zwischen ahdákoḥum, ihre Augenwinkel, und hadíka, Garten: dieses Wortspiel geht im Texte Káscháni's verloren, wo ehfsaroḥum, ihre Blicke, statt ahdákoḥum steht.

[205]) Indí und Idí, bei mir ist mein Fest.

[206]) Wortspiel zwischen hallet, sie weilt, und chalet, sie ist (in meinem Auge) allein da.

[207]) Das Heiligthum Mekka's.

[208]) Dár-ol-hidschret, das Haus der Trennung oder Auswanderung: Mekka.

[209]) Dieses Distichon fehlt im Commentare Káschání's, steht aber in dem Dáúd's, im Diwan der Leydner Bibliothek und in der Handschrift der Hof-Bibliothek.

[210]) Mesdschid-ol-áksa, die Moschee, welche auf der Stelle des Tempels Salomons steht.

[211]) Wortspiel zwischen athwár, Plural von thór, Sinai, und ewthár, die nothwendigen Erfordernisse.

[212]) Nehwet, alienatio.

[213]) Leilet-ol-kadr.

[214]) Lim statt li ma.

[215]) Wenn Sie unter alle Menschen ihre Schönheit austheilte und nur dem ägyptischen Jusuf nichts davon gäbe, so würde dieser nicht schöner sein.

[216]) Wortspiel zwischen tharfet, der Augenblick, und tharf, der Blick.

[217]) Hier hören die ein und fünfzig Distichen auf, deren Anfang und Ende aber bloss im Commentare Dáúd's von Kaisarije bemerkt ist. Ohne diese Bemerkung wäre schwer zu errathen, dass diese ein und fünfzig Distichen ein besonderes Gedicht vorstellen, indem sie sich weder in Form noch Inhalt von den vorhergehenden rein mystischen Versen unterscheiden. Der Zusammenhang, oder vielmehr der Absatz von den vorhergehenden Versen liegt, wie der Commentar bemerkt, in der Partikel fe, womit das nächste Distichon beginnt.

[218]) Es-sená, soviel als inhá, Beugung.

[219]) Dieses Distichon fehlt bei Káschání, findet sich aber im Commentare Dáúd's von Kaisarije und im Diwan der Leydner Bibliothek.

[220]) Wortspiel zwischen jebúh, er offenbart, und jobih demehu, gibt sein Blut preis.

[221]) Derselbe Gedanke wie im arabischen Sprichwort: Im Weine liegt Sinn, der nicht in der Traube.

[222]) Alle Beide, der Tadler, el-Láhí, und der Verschwärzer, el-Wáschí, so erklären die Commentare dieses ellefáni.

[223]) Der Geliebte, der Liebende, der Tadler und der Zwischenträger.

[224]) In diesem Distichon ist die Redefigur, durch welche sich die einzelnen Glieder der beiden Hemistiche mit den anderen gegenüberstehenden decken, auf das Vollkommenste ausgeführt. Fefá mofhiron lir-rúhi hádin liofkihá * schohúden gadá fi fsígatin máewíjeti; we fá mofhiron lin-nefsi hádin lirofkihá * wodschúden ádá fi fsígatin fsoweríjeti; fefá bezieht sich, wie die Commentare lehren, auf den Wáschí, den Verschwärzer, wefá auf den Láhí, den Tadler; dem leitenden Geiste, rúhi hádin, stehen die treibende Gier, nefsi hádin, dem schohúd, wodschúd und dem máewíjeti, fsoweríjeti entgegen.

[225]) Abermals der Gegensatz zwischen ehafset und ámmet; emdád ist hier der Plural von medd, die Ebbe des Meeres.

[226]) Feidh, der Ausguss des göttlichen Geistes.

[227]) Misálein, die beiden Ideale des Geistes und der sinnlichen Gier.

[228]) Gegensatz zwischen fsúret, Form, und súret, die Sure, zwischen láhe und náhe, wovon das erste sich auf die Offenbarung der Schönheit, das zweite auf die Traurigkeit bezieht.

[229]) bi semí fithneti, durch das Ohr des Scharfsinns.

[230]) Dieses Distichon fehlt bei Káschání.

[231]) Die Wände stehen des Reimes willen statt mefáfsilí, meine Gelenke.

[232]) Mein Geist ist Sängerin.

[233]) Nefs steht hier, wie die Commentare lehren, für kalb, das Herz, welches Träger der vernünftigen Begier ist.

[234]) Den Gesammelten.

9

235) Káschání erläutert dieses Distichon durch das folgende gäng und gähe:
Ich wünsche den Genuss, die Trennung wünschet Sie,
Ich lasse was ich will, und will nur das was Sie.

236) Gähe Offenbarung.

237) Der Commentar preist die Morgenstunden, und führt dann die drei ersten Verse der LXXIII. Sure an: 1. O Eingewickelter, stehe in der Nacht ein wenig auf; 2. Wann Mitternacht, oder bald darauf; 3. Und wenn auch mehr, lass Lesung tönender des Korans Lauf.

238) Wortspiel zwischen werak, das Blatt, und wurk, die Tauben.

239) Dem Augapfel.

240) Die inneren Glieder erklärt der Commentar Káscháni's als faḳire, fáḳire, fáhime, wáḫime, d. i. Denkkraft, Sprechkraft, Verstandes- und Einbildungskraft.

241) Jahnu, sehnt sich, synonym mit ينزع oder يميل.

242) Wortspiel zwischen welíd, Kind, und belíd, blöde.

243) Das arabische Wortspiel von kimáth (Windeln), neschàth und ifráth ist im Deutschen mit befreit, freuet, frei, durch Lust und Last überflüssig wiedergegeben.

244) Das Kind vergisst die Beschwerden des Einbindens und erinnert sich des Vertrags der Seelen, wie Gott die Seelen, ehe sie noch in die Körper fuhren, mit den Worten anredete: Elesto bi rebbikum? bin ich nicht Euer Herr? und Alle: Bela, bela, Jawohl, Jawohl, antworteten.

245) Wortspiel zwischen hál, der Zustand, und hál, die Begeisterung.

246) Intifá en-nakifsa, die Abwehrung der Unanständigkeit.

247) Morebbí, der Erzieher.

248) Tahbír tálin, der gute Vortrag eines laut Declamirenden.

249) Nefó, der Todeskampf.

250) Báb, das Thor, hier, wie die Commentare lehren, statt makám, Standort: Wortspiel zwischen ittifsál und wifsál, Verein und Genuss.

251) Miret, Spiegel.

252) Uebergangsformel zu den folgenden Lehren.

253) Diese drei Distichen gehören, ungeachtet der Erläuterungen der Commentare, unter die dunkelsten des ganzen Gedichtes; die Allitteration der vier Wörter: laffi, háfi حظی, lahfi und wáfi وعظی ist im Deutschen durch vier gleiche Reime wiedergegeben: den Gegensatz der Wörter, Handlungen, Zustände und Thaten heben die Commentare hervor und geben dann die vierfache Eintheilung des Ichláfs (des aufrichtigen Gottesdienstes) in (elfáf) Worten, (efál) Handlungen, (ámál) Thaten, (ahwál) Zuständen.

254) Im Hause Gottes, der Kába.

255) Die Eigenschaften Gottes, welche der Commentar Dáúd's aufzählt, sind das Sehen, Hören, Wissen, Wollen, Leben.

256) Wortspiel zwischen jemíní, meine Rechte, und rokn jemání, der Pfeiler der Kába.

257) Der siebenmalige Umgang um die Kába, und der Lauf zwischen den beiden Bergen Ssafá und Merwet.

258) Diese beiden Distichen beziehen sich auf zwei Verse des Korans, welche von der Sicherheit des Heiligthums in Mekka sprechen: 1) auf den 91. Vers der III. Sure: Wer hineingeht, ist sicher; und 2) auf den 67. Vers der XXIX. Sure, wo es heisst: Und wir haben das Heiligthum Mekka's zur sichern Zufluchtsstäte gemacht, die Menschen ausserhalb desselben werden ausgeraubt.

259) Wodschúdi.

[260]) Scheheri. — Schefá, ein Paar.

[261]) Witr.

[262]) Bei dem Erwachen aus dem Schlafe meiner Sorglosigkeit, gafwet, dasselbe mit gaflet; fille, Hülfszeitwort.

[263]) Láhút, hier soviel als Rúhánijet, die Geisterwelt.

[264]) Násút, Menschenwelt; Gegensatz zwischen láhút und násút, zwischen hokm und hikmet, zwischen mafhiri und mofhire (wonach die Lesart des Textes zu verbessern).

[265]) Der Vertrag der Seelen.

[266]) Ist der 129. Vers der IX. Sure.

[267]) Tewellet, wird hier in doppelter Bedeutung gebraucht, im ersten Sinne: sie verwaltet, im zweiten: sie wendet sich ab; so auch nefs, einmal als Begier, das zweitemal als Seele.

[268]) Hier werden die zwei Wörter áhd und bás abermals in doppeltem Sinne gebraucht, das erste áhd heisst Zeit, das zweite áhd der Vertrag der Seelen; bás heisst sowohl der Ruf zum Weltgericht, als die Sendung des Propheten.

[269]) Der Kauf, dessen hier Erwähnung geschieht, bezieht sich auf den 112. Vers der IX. Sure: Gott hat von den Rechtgläubigen ihre Seelen um das Paradies gekauft u. s. w.

[270]) Erdh-ol-Chalifet, die Erde des Stellvertreters Gottes (Adams) ist das irdische Paradies, das hier dem ewigen, dem Himmel, entgegengesetzt wird.

[271]) Wortspiel zwischen kothr, der Strich Landes, und kathret, der Thau, ist im Deutschen durch Landstrich und Regenstrich wiedergegeben.

[272]) Dieser dem Reime zu lieb nicht getreu übersetzte Vers heisst: Seinem leitenden Angesichte huldigt jedes Angesicht.

[273]) Esír, das griechische αἰθήρ.

[274]) Bezieht sich auf den 31. Vers der XXI. Sure: Sehen die Ungläubigen nicht, dass wir die (sieben) Himmel in Einem erschaffen und hernach erst dieselben getrennt haben?

[275]) Gegensatz zwischen Versammlung und Trennung, und Wortspiel zwischen áín, Wesenheit, und eín, wo.

[276]) V. 473 und 474. Gegensatz zwischen dárein und kewnein, Beides bedeutet beide Welten; dann zwischen nidd, der Gleiche, und dhidd, der Gegner; auf den 3. Vers der LXVII. Sure: Du wirst in der Schöpfung keinen Unterschied sehen, bezieht sich die zweite Hälfte des Verses 474.

[277]) Mú áleijc lebistehu, womit ich mich selbst bekleidet habe.

[278]) Bezieht sich auf die Stelle des Korans, wo von der Anbetung Adams durch die Engel die Rede ist. (Vergl. Sure XV. V. 29.)

[279]) Vgl. oben im Text V. 11 (derselbe Vers).

[280]) Das schon oben vorgekommene Wortspiel zwischen eín und áín, Wesenheit, dann zwischen dem letzten und gaín, der Schleier der Wolken.

[281]) Mahw, die letzte Ernüchterung, auf die kein Rausch folgt; ssahw, die erste, indem man sich wieder berauscht: chatim, das Siegel, das an den Finger gesteckt wird, nachdem man sich vorher einen Faden als Denkzeichen um den Finger gewunden hat (irtisám): Lege mich wie ein Siegel an deinen Arm (Hohes Lied), daher der schöne Vers:

„Du hast bisher als Faden mich um den Finger gewunden,
„Du hast mich nun als Siegel an deinen Arm gebunden."

[282]) In diesem Verse ist das Wortspiel eines der unübersetzbarsten des ganzen Gedichtes zwischen gaín-ol-gaíni, d. i. dem Gaín, welches der Anfangsbuchstabe des Wortes gaín, Schleier-

flor, und zwischen áïn-ol-áïni, das ist das Auge des Wesens, wie es auch das Áïn (der Anfangsbuchstabe) des Wortes áïn heissen kann.

[283]) Gegensatz und Wortspiel zwischen fsahw und mahw (lies Vernichtung statt Verrichtung).

[284]) Erstens der Gegensatz zwischen dem Trunkenen, d. i. dem ganz Vernichteten und dem Ernüchterten, dann zwischen resm und wesm (Zeichen und Merkmal), endlich zwischen hodhúr, Ruhe, und hafíret, paradiesischer Zustand.

[285]) Wortspiel und Gegensatz zwischen jofdhí und jakdhí, zwischen bakíjet, Rest, und bi feijet, was sowohl zur Rückkehr als zum Schatten heissen kann.

[286]) Dschenán heisst hier das Herz, wie die Commentare versichern. (So Dáúd Kaifsarí.)

[287]) Ethráf, die physische Ausdehnung der Dinge nach den Seiten oben, unten, vorne, hinten, rechts, links; Gegensatz und Wortspiel zwischen istewá, siwá, das Aeussere, und sewíjet, Gleichheit.

[288]) Gegensatz und Wortspiel zwischen thawr, Art, Weise, und Thór, Sinai: zwischen feidha und kabdha, das letzte in Bezug auf den 67. Vers der XXXIX. Sure.

[289]) Bezieht sich auf das Wort Mohammed's: Setzt mich nicht über den Jonas, den Sohn des Matthäus; wörtlich: desshalb verbot der Beste der Geschöpfe, d. i. Mohammed. Sun-Nún, der Mann im Wallfisch (Nún), ist Jonas.

[290]) Elesto'lemsa geht auf den Tag, wo Gott die Seelen mit Elesto birebbikum? Bin ich nicht Euer Herr? anredete, und sie Alle Bela, bela, Jawohl, Jawohl, antworteten; der Commentar Dáúd's von Kaifsaríje beruft sich wegen der Erklärung dieses Distichons auf die Abhandlung Nihájet-ol-beján fi dirájet if-femán (fehlt in der Liste der Risáïl bei Hádschí Chalfa).

[291]) Sirro bela, das Geheimniss des Jawohl.

[292]) Máïjet.

[293]) Doppeltes Wortspiel zwischen logscha und joechtescha, zwischen nímet, Huld, und nikmet, Rache.

[294]) Die Commentare kramen hier die bekannte Terminologie der mystischen Hierarchie der Pole (Pfähle, Budelá, Ewliá) aus.

[295]) Der Pfähle sind vier nach den vier Weltgegenden; der Dichter, Mystiker, war einer derselben, er liess die drei anderen hinter sich zurück und schwang sich zum Pole auf.

[296]) Fe intehif chaire forfsati, ergreife die gute Gelegenheit.

[297]) Anspielung auf die Stelle der Ueberlieferung, wo Gott alle Seelen wie einen Ameisenschwarm aus dem Rücken des Adams rief, worauf der Urvertrag folgte. (Vergl. Sure VII, V. 171.)

[298]) Rúó, das Herz.

[299]) Des heiligen Geistes, d. i. Gabriels.

[300]) Derselbe Gedanke wie: Herr, ich bin nicht würdig, dass Du eingehst unter mein Dach.

[301]) Siwá, heisst hier, was ausser ihr (der Seele). Akfsid und sewáema fannetigeht auf Sure II, V. 102. Sewáe sebíl, was bei Maraccius aequitas semitae heisst. Vergl. Beidháwí, Koran-Commentar, herausg. v. Dr. H. L. Fleischer, Bd. I. S. ٧٨

[302]) Der Commentar erläutert, dass die Seele sich selbst nie vergisst (Comm. Káschání).

[303]) Lem ófik, ohne dass ich wieder zu mir komme.

[304]) Bi finnetí, wie es die Leydner Handschrift, die der Hof-Bibliothek und der Commentar Káschání's hat, die vorzüglichere Lesart, während der Commentar Dáúd's bi dhinnetí mit einem Dhád vorzieht.

305) 'An schogli ánni schogilto heisst wörtlich: von meinem Geschäfte (so dass ich kein Bewusstsein davon behielt) bin ich von mir beschäftigt (abgezogen) worden.

306) Redá, sonst Verderben, wird hier von den Commentaren als Tod erklärt.

307) Sebí, die Sklaverei.

308) Statt zu fragen, wie sie sich befinde.

309) Dhammetí.

310) Mostedschífen bihá, dazu befugt.

311) Ahdscheme, im Sinne von nekese.

312) Fe esferto, ich war fröhlichen Gesichts, nach dem 38. Verse der LXXX. Sure: wodschúh mosfire, fröhliche Gesichter; Wortspiel zwischen jakín, Gewissheit, und jakíní, mich bewahrt vor der Reise, das ist, wie der Commentar erklärt, vor dem Zweifel.

313) Dschelís, sonst der Genosse, Gesellschafter, heisst hier der Leib; es wird folgende göttliche Ueberlieferung vom Commentare Dáúd's zum Beweise dieser Bedeutung citirt: ena dschelíso men fekerní we eníso men sebekerní.

314) V. 537 u. 538. Máálim wird von den Commentatoren als der Ort der vorzüglichsten (álám) Eigenschaften Gottes erklärt, nämlich Auge und Ohr, der Ort des Sehens und Hörens. Das ebof des vorigen Distichons bezieht sich herunter.

315) Gaíri ganíjet heisst hier, nach dem Commentare Dáúd's, nothwendig.

316) Iktiná, soviel als iktisáb, idschtiná, die Fruchtlese.

317) Tahakkom, Vernunftgebot.

318) Bi eídin, sonst durch die Hände, heisst hier, wie die Commentare lehren, durch die Mittel.

319) Mewthín, das Vaterland der Sinne, ist laut des Commentars das Auge, die Nase, und der Mund; nachdem er im letzten Distichon den Satz aufgestellt, dass die Spuren der Namen und Eigenschaften Gottes früher als in den Sinnen vorhanden, fährt er fort.

320) Lebs, die Verhüllung, bedeutet hier den Körper.

321) Mána, der Sinn, die Bedeutung, hass. die Sinne.

322) Tafsrífohá, die Abänderung der Namen, declinatio.

323) Háfif-ol-áhd, der Bewahrer des Vertrages (mit Gott), der Commentar lehrt, dass hierunter entweder der Chalife (der Stellvertreter Gottes auf Erden) oder der mystische Pol, oder einer der sieben Ewtád od. Budelá, welche den sieben Erdgürteln vorstehen, verstanden werden könne; im Commentare Dáúd's und in der Leydner Handschrift bil welá statt billáhi.

324) Die Namen und Eigenschaften werden nun verglichen mit frohen Sängerinnen, Rennpferden, süssen Wohlgerüchen und hoffnungsvollen Morgenwolken.

325) Gott, músik-ol-áhd, der Bewahrer des Vertrages, gegenüber dem háfif ol-áhd, dem Stellvertreter Gottes auf Erden.

326) Die Namen Gottes.

327) Ífet, bezieht sich auf den 1. Vers der XXXVIII. Sure: Die Ungläubigen sind in Ehren und Zwietracht; Wortspiel zwischen ibá, Abneigung, und ebijet, abgeneigt.

328) Die vier Glieder dieses Satzes stehen den vier des vorletzten Distichons entgegen, und beziehen sich wie jene auf die Namen Gottes, von denen sie die Epithete sind, wie jene die Bilder.

329) Wortspiel zwischen sedschíjet, Naturell, und sechíjet, freigebig, liberal.

330) Hier kehrt die Vier zum drittenmale in Bezug auf die Namen wieder, welche paarweise im Gebete hergesagt werden, wie já kábidh we já básith, O Allzusammenziehender! und o Allausdehnender! já cháfidh we já ráfi, o Allerniedernder! und o All-

erhöhender! ja moiſ we ja mofill, o Allbeehrender! und o Allherabsetzender!

331) Magáni mohádschát, wörtlich: die Stationen der Räthsel.

332) Mebáni kadhíjet, die Grundfesten des Glaubens.

333) Ssádik-ol-áſm báthinen, der im Innern von einem aufrichtigen Vorsatze beseelt ist, der Scheich oder Meister.

334) Táállok heisst hier nach den Commentaren so viel als irtibáth.

335) Lebs, sonst Hülle, hier Leib.

336) Hier kehrt zum viertenmale die Aufzählung der Tugendzahl Vier mit dem in der Uebersetzung nur zur Hälfte gegebenen Anklange von ákáík, dakáík, hakáík, rakáík wieder; der Commentar Káscháni's erklärt, dass unter rakáík, dakáík die basthát, d. i. die einfachen Zartheiten, die drei Arten der Handlungen des Moslims, die nothwendigen (wádschibe), die verdienstvollen (mendúbe) und die gleichgültigen (mobáhe) verstanden werden müssen.

337) Durch die Namen der Eigenschaften Gottes.

338) Zum fünftenmale kehren hier wieder die vier in den im Deutschen nur zur Hälfte wiedergegebenen Gleichklänge von fsawámi, lewámi, dschewámi und kawámi.

339) Die Vier kehrt zum sechstenmale wieder in den Anklängen von latháíf, wafáíf, fsaháíf und chaláíf.

340) Mit den obigen beiden Worten sind zwei Ueberlieferungen des Propheten angedeutet. Ķe ínneķ teráhu (Diene Gott) als ob Er dich sehe, und fe in lem teráhu innehu jeráķe, und wenn du Ihn auch nicht siehst, so sieht Er doch dich.

341) Siebente Wiederkehr der vier Gleichanklänge in ghojús, stark strömende, boghús, sanft rinnende Regen, hodús, Begebenheiten, und lojús, Löwen.

342) Achte Wiederkehr der vier Anklänge in fofsúl, wofsúl, hofsúl, ofsúl; in diesem Distichon reimen die vier Glieder des Satzes sogar doppelt: Fofsúlo ibarát, die Abschnitte der Ausdrücke, wofsúlo tahíját, die Ankunft der Anwünschung, hofsúlo ischárát, das Resultat der Winke, ofsúlo áthíját, die Grundfesten der Gabe.

343) Mathlìohá, ihr Aufgangsort (der Name).

344) facháír ed-dáwet, Vorräthe der Anmassung: zum neuntenmale kehrt der gleiche Wörterklang wieder in beseháír, Nachrichten, bafsáír, Ansichten, seráír, Geheimnisse, und facháír, Vorräthe.

345) Isrá, die nächtliche Himmelfahrt des Propheten.

346) Tenfíl, das Wort des Korans, wie es gesendet ward.

347) Tewíl, das Wort des Korans, wie es ausgelegt wird.

348) Zehnte Wiederkehr der vier Anklänge medáris, Schulen, meháris, Verwahrungsorte, magáris, Pflanzenschulen, fewáris, Reiter.

349) Áálem dscheberút.

350) Eilfte Wiederkehr der Gleichklänge: eráíķo tewhíd, die Throne der Einswerdung, medáriķo fulfet, die Stufen der Annäherung, mesáliķo temdschíd, die Pfade der Glorwürdigkeit, meláíķo nofsret, die Engel des Sieges.

351) Zwölfte und letzte Wiederholung der vier Anklänge: fewáíd, Nutzen, áwáíd, Geschenke, rewáíd, frische Futterplätze, mewáíd, Gnadentische: das Wort nimet, Gnade, kommt auch im Texte zweimal vor.

352) Wörtlich: die Zunge bezeugt.

353) Dieses Distichon fehlt im Commentare Káscháni's, findet sich aber in der Handschrift der Leydner und Hof-Bibliothek und in dem Commentare Dáúd's von Kaifsarije.

354) Wortspiel zwischen áálemín, in doppelter Beziehung. Der Dichter sagt: Ich lese die Kenntnisse der Welten (die der irdischen und göttlichen Dinge) in Einem (d. i. göttlichen) Worte, und enthülle mir die Welten (d. i. die diesseitige und jenseitige) in Einem Augenblicke, jene die Welt der Seelen und Geister, so wie die der göttlichen Eigenschaften.

355) Molhet, in der Handschrift der Hof-Bibliothek lemhet.

356) Anspielung auf die Stelle des Korans, nach der die Dschinnen in Einem Augenblicke den Thron der Königin von Saba, Balkis, vor Salomon brachten. (Vergl. Sure XXVII, V. 17—46.)

357) Thibák, Schichten, Lagen.

358) Gegensatz zwischen efchbáh, die Körper, und erwáh, die Geister: wofür in der Leydner Handschrift efwádsch steht.

359) Diese drei Zeitwörter kál, er spricht, thál, er macht lang, und fsál, schwingt sich, scheinen hier bloss ihres Gleichklanges willen sich zusammengefunden zu haben; rakíka, siehe Freytag.

360) bi himmetí, durch meinen hohen Muth.

361) Wortspiel zwischen rakíka, die Zartheit, und dakíka, der Augenblick.

362) Wortspiel zwischen telá, er folgte, und telá, er hat gelesen.

363) Der Dichter macht in den folgenden Distichen nach der Erwähnung der Eigenthümlichkeiten des Standortes der Vereinigung auf den Weg aufmerksam, der dahin führt.

364) Wörtlich: welche die Lust ergreift.

365) Náhíke statt jekfíke, Dáúd von Kaifsaríje, der auch Prophetenwunder hat.

366) Der Regen.

367) Nach der Ueberlieferung der Moslimen blieb die Arche nicht am Ararat, sondern am Dschúdí (Mafius) sitzen.

368) Meten, der Rücken des Windes.

369) Anspielung auf den 81. Vers der XXI. Sure, wo der Wind dem Salomon als Reitpferd dient. (Vergl. Sure XXXVIII, V. 35.)

370) Dschischeín, die beiden Geschlechter, die Menschen und Dschinnen.

371) Anspielung auf die Verse 39—42 der XXVII. Sure, wo die Dschinnen in einem Nu den Thron der Königin von Saba, Balkis, vor Salomon bringen.

372) Nimrod's.

373) Áódet statt fsáret.

374) Anspielung auf die moslimische Sage von den vier von Abraham geschlachteten Vögeln, die sehr weitläufig im Mesnewí Dschelál-ed-dín Rúmí's erzählt wird.

375) Jesus.

376) Wörtlich: Mit der Nadel im Aermel; Anspielung auf die Sage, dass Jesus, als er in den Himmel fuhr, eine Nadel im Aermel stecken hatte, wesshalb er nicht weiter als bis in den vierten Himmel kam.

377) Wörtlich: Durch das, was ich an Erkenntniss (Ilm) in dein Ohr (Ufnek) warf von meiner Art und Weise (fsígati).

378) femáno fitret, erklärt der Commentar Káschání's als die Zeit, wo kein Prophet gesendet worden ist.

379) Úlemá.

380) Bezieht sich auf die Ueberlieferung des Propheten: Die Wissenden (Úlemá) meines Volkes sind wie die Propheten der Kinder Israels. Káschání.

381) Árif.

382) Ulú-'l-áfm, Leute von festem Willen, starkem Vorsatz.

383) Des Hauses Mohammed's bi ítretihi.

384) Nofsret-ed-dín, der Sohn Álí's aus der Honeifitin, deren Stamm von Ebúbekr bekämpft ward; er heisst desshalb Ibn-ol-Honeifíjé.

385) Das Wunder, dass Ómer von der Kanzel, von welcher er im Geiste die

Schlacht von Neháwend erblickte, dem Sárijet zurief: sich mit dem Berge den Rücken zu decken.

386) Ueberlieferung des Propheten von seinen Genossen.

387) Káscháni gibt zur Erläuterung dieses Distichons die folgende Stelle der Ueberlieferung: Der Gottgesandte fragte seine Genossen, welcher Glaube ist der bewundernswertheste? Sie sagten: Der der Engel; was ist denn Wunderbares an ihrem Glauben: sie sehen ja das Reich Gottes (melekút) vor sich? Sie erwiederten: Der Glaube der Propheten; was ist an ihrem Glauben zu wundern, ihnen ward ja die Anrede Gottes (chitháb)? Sie sagten: Unser Glaube an deine Genossen. Der Prophet sagte: Was ist daran sich zu wundern, ihr habt ja mich gesehen und meine Wunderwerke; der bewundernswertheste Glaube ist der Glaube derer, die nach mir kommen werden, und Schwarz auf Weiss glauben.

388) Mána, Sinn.

389) Ssúret, Form.

390) Hadhret, die Gegenwart, Gaíbet, die Abwesenheit.

391) Gabriel.

392) Indem sie meinen Namen nennen.

393) Mána steht hier, wie der Commentar lehrt, für Geist.

394) Wieder mána statt rúh, d. i. Gabriel.

395) Die Klarheit ist hier durch die Wortspiele zwischen hadschr-et-tahallí, Hinderniss der Ausschmückung, und hidschr-et-tedschellí, Schooss der Verklärung, zwischen tachallet, einsam, entzogen, und terebbet, erzogen, aufgehoben.

396) Die XXI. Sure.

397) Die XXVIII. Sure.

398) Wortspiel zwischen siráthí, mein Pfad, und mewáthí, der Ort, wo ich hintrat, im Deutschen durch Schritt und Tritt wiedergegeben.

399) Dreifaches Wortspiel zwischen jomn, Segen, und jemín, die Rechte; zwischen josr, Leichtigkeit, und josret, die Linke; zwischen es-sábikún, die Vorausschreitenden, und láhikún, die Nachkommenden.

400) El-emr, das Geschäft Gottes, wie die Commentare erklären.

401) Wortspiel zwischen wodschúd, schohúd, óhúd.

402) Die Wurzel von hajj, lebendig, hajátí, mein Leben, und hajátohu, sein Leben, in der Uebersetzung treu wiedergegeben.

403) Firáset, die Physiognomik, welche, wie der Commentar lehrt, eine doppelte ist: 1. die der Vernunft, áklíje, und 2. die beschauliche, keschfíje, die nie trügt.

404) Gegensatz zwischen rahamút basth ragbet und rehabút kabdh rahbet, indem dem Begriffe Rahamút (die Barmherzigkeit), Rehabút die Furcht, Basth, der Ausdehnung, Kabdh, die Zusammenziehung, und Ragbet, dem Verlangen, Rehbet, das entsagende Leben, entgegengesetzt ist.

405) Fe hájja erklären die Commentare durch hellummú ejjuhá eththolláb.

406) So erklären die Commentare das fil-monteha.

407) Hais, حيث das Gegentheil von monteha.

408) La tedschnah li dschinhi bezieht sich auf den 63. Vers der VIII. Sure: Wenn sie zum Frieden geneigt sind, sei auch du dazu geneigt!

409) Dunekehá heisst hier nach dem Commentare so viel als ehof, nimm.

410) Die vier Grade der Seelenwanderung sind: 1. Neseh, von einem menschlichen Körper in einen anderen; 2. Mesch, in einen thierischen: 3. Fesch, in eine Pflanze: 4. Resch, in einen Stein.

[411] Bezieht sich auf den 32. Vers der VI. Sure: Das Leben der Welt ist Nichts als Spiel und Scherz.

[412] Istedschleite.

[413] El-kofsúr-el-moschejjedé, heute al cafsar.

[414] Die Welt des Geheimnisses.

[415] Hier ist zuerst eine Anspielung auf den Koranvers, Sure II, V. 29, in dem es heisst: als Gott dem Adam (dem Vater der Menschen) die Namen aller Dinge lehrte; dann auch auf das Wort des Propheten: Ich gehe zu meinem Vater und eurem himmlischen Vater, dem heiligen Geist, d. i. Gabriel.

[416] Die Commentare erklären, die Abgezogenheit (tedscherrod) sei eine doppelte: 1. die von den Gütern dieser Welt, welche el-áádí, die gewöhnliche, und 2. die von den Belohnungen des Paradieses und von den Strafen der Hölle, die el-méádí heisst (d. i. diejenige, welche sich auf das Jenseits bezieht).

[417] Auch im Arabischen dasselbe Reimwort nimet, Gnade.

[418] Ssáid erklärt der Commentar als den, welcher den Lauf des Schiffes leitet.

[419] Gasálet, eine starke meherische Lanze, fehlt in den Wörterbüchern; fsádet, gerade Lanze.

[420] Diese beiden, das griechische Feuer und die in den Weingeist getauchten, mit blauer Flamme brennenden Pfeile so getreu beschreibenden Distichen fehlen im Commentare Káscháni's, finden sich aber in dem Dáúd's von Kaifsarije und in den beiden Handschriften der Leydner und Hof-Bibliothek.

[421] Das arabische Wort hat zwei verschiedene Wörter für Fischer- und Voglernetze, die ersten heissen schibák, die zweiten eschrák.

[422] Diese Wiederholung desselben Wortes, sowohl einmal als Bindewort, das anderemal als Fürwort, und desselben Reimes als Hauptwort und Zeitwort, welche in der deutschen Poetik für einen Fehler gilt, ist eine Schönheit in der arabischen Sprache.

[423] Chimáfs, in der Bedeutung eines Vogels mit dünnem Bauche, fehlt in den Wörterbüchern.

[424] Altdeutsch für gesagt, englisch said.

[425] Ekinnet, sonst Nester, hier Schleier.

[426] Der Gaukler, moschábif, erscheint hier zwar nirgends im Texte, läuft aber in den beiden Commentaren schon durch das letzte Dutzend von Distichen, indem Alles, was von dem Thun und Treiben der Welt gesagt worden ist, als das Spiel eines Gauklers hinter dem Flor oder Vorhang erklärt wird.

[427] Hier ist im Káscháni ein eingeschaltetes Distichon, das sich weder im Commentare Dáúd's, noch in der Handschrift der Leydner und Hof-Bibliothek findet.

[428] Wörtlich: wenn aufgegangen die Sonne der Anschauung.

[429] Challet, es lösen sich an mir meine Bande (die der Sinne) und eschraka (und es erglänzt das Sein, die Existenz).

[430] Zwischen Leib und Seele. Ahkám, Gebote und Verbote.

[431] Bezieht sich, wie die Commentare lehren, auf das Wort des Propheten: Gott hat siebzigtausend Schleier von Licht und Finsterniss, wenn er einen derselben lüften würde, würde ich verbrennen.

[432] Diese Ueberlieferung ist, wie die Commentare lehren, folgende: Der Diener naht sich seinem Herrn mit ausserordentlichen Andachtsübungen (newáfil), bis ich ihn liebe, und wenn ich ihn liebe, bin ich ihm Auge, Ohr und Hand.

[433] Die vier letzten Distichen fehlen im Commentare Káscháni's, finden sich aber in dem Dáúd's von Kaifsarije und in den beiden Texten der Leydner und der Wiener Hof-Bibliothek. — Ilfet, der

10

vertrauliche Umgang mit ágjár, Fremden, steht im Gegensatze zu dschemí, meine Einswerdung.

434) Semí muthálí, das Ohr desjenigen, der ein Buch aufmerksam liest.

435) Áin thaliá, Metonymie für ein Zelt, dessen Thür offen ist, Comm. Káscháni; háue, die Weinschenke, die stets offen ist.

436) Má hat hier die Bedeutung von lá oder ifá.

437) Durch die Bedeutung des Islams; nun folgen bei Káscháni die oben ausgelassenen vier Distichen.

438) Der Feueranbeter.

439) Mihráb.

440) Ahbár, die Gelehrten der Juden.

441) Abd eddinár, bezieht sich auf das Ueberlieferungswort: Zu Grunde geht der Knecht der Dináre, zu Grunde geht der Knecht der Dirheme, d. i. der Gold- und Silbermünzen.

442) Jaí.

443) Moskití, wenn mir die Gebote des Gesetzes nicht Stillschweigen auferlegten.

444) Bezieht sich auf den 117. Vers der XXIII. Sure: Glaubt ihr, dass ich euch vergebens (ábesen) erschaffen habe?

445) Efáálohum, ihre Handlungen.

446) Bezieht sich auf die Bestimmung von ewig her zur Seligkeit oder Verdammniss.

447) Taárruf, die Erkenntniss des Herrn durch die Seele nach dem Ueberlieferungsworte: Wer seine Seele kennt, kennt seinen Herrn.

448) Bezieht sich auf den 26. Vers der II. Sure: So leitet der Herr zurecht und führet irre.

449) Moféjid-ol-dschemi, der Spender des Vereines mit Gott ist der Prophet. Der 9. Vers der LIII. Sure: In der Nähe von zwei Bogenhälften.

450) Au edna, Anspielung auf den eben angeführten berühmten mystischen Vers der LIII. Sure von der nächtlichen Himmelfahrt, wo der Prophet so nahe an Gottes Thor thront, wie der Einschnitt, welcher zwei Bogenhälften trennt (kábkewsein) au edna, oder noch näher. S. die Abhandlung über Bogen und Pfeil in den Denkschriften der kais. Akademie der Wissensch., IV. Bd., S. 8.

451) Mischkát, in Bezug auf den Lichtvers, 35. Vers der XXIV. Sure.

452) Bezieht sich auf den Vers, wo Gott zu Moses sprach: Zieh deine Schuhe aus, Moses, denn du bist im heiligen Thale Thuwa. Sure XX, 12. Vers.

453) Chalaá ist eines von den Wörtern, die doppelte Bedeutung haben, indem es sowohl ausziehen als anlegen heisst; im ersten Distichon ist es im ersten, im zweiten im zweiten Sinne gebraucht.

454) Ánesto heisst hier so viel als schehidto, ich sah, nach dem 9. Verse der XX. Sure: Und ich sah (ánesto) das Feuer.

455) Náhík, s. Freytag unter Nehá.

456) Athwár, Plur. von thór, Sinai, Wortspiel mit ewthár, Plur. von wathar, die nothwendigen Erfordernisse.

457) Moses.

458) Wortspiel zwischen efláki und emlakí, dann zwischen milkí und mulkí; charret statt sedschedet.

459) Áálem tifkár, die Welt der Geister, wo sie sich der Wissenschaften erinnern.

460) Fitjetí, meine Ritter, Helden, Genossen.

وَأَنْشَأْتُ أَطْوارِي فَناجَيْتَنِي بِها   وَقَضَّيْتُ أَوْطارِي وَذاتِي كَلِيَّتِي
فَبَدْرِي لَمْ يَأْفَلْ وَشَمْسِي لَمْ تَغِبْ   وَبِي تَهْتَدِي كُلُّ ٱلدَّرارِي ٱلْمُنِيرَةِ
وَأَنْجُمُ أَفْلاكِي جَرَتْ عَنْ تَصَرُّفِي   بِمُلْكِي وَأَمْلاكِي لِمُلْكِي خَرَّتِ
وَفِي عالَمِ ٱلتِّذْكارِ لِلنَّفْسِ عِلْمُها   ٱلْمُقَدَّمُ تَسْتَهْدِيهِ مِنِّي فَتِيَّتِي
فَحَيَّ عَلَى جَمْعِي ٱلْقَدِيمِ ٱلَّذِي بِهِ   وَجَدْتُ كُهُولَ ٱلْحَيِّ أَطْفالَ صِبْيَتِي
وَمِنْ فَضْلِ ما أَسْأَرْتُ شُرْبُ مُعاصِرِي   وَمَنْ كانَ قَبْلِي فَٱلْفَضائِلُ فَضْلَتِي

فما قصدوا غيري وإن كان قصدهم   سواي وإن لم يظهروا عقد نية

رأوا ضوء نوري مرة فتوهمو   ه نارا فضلوا في الهدى بالأشعة

ولولا حجاب الكون قلت وإنما   قيامي بأحكام المظاهر مسكتي

فلا عبث والخلق لم يخلقوا سدى   وإن لم تكن أفعالهم بالسديدة

على سمة الأسماء تجري أمورهم   وحكمة وصف الذات للحكم أجرت

يصرفهم في القبضتين ولا ولا   فقبضة تنعيم وقبضة شقوة

ألا هكذا فلتعرف النفس أو فلا   ويتلى بها الفرقان كل صبيحة

وعرفانها من نفسها وهي التي   على الحس ما أملت مني أملت

ولو أنني وحدت ألحدت وانسلخت   من آي جمعي مشركا بي صنعتي

ولست ملوما أن أبث مواهبي   وأمنح أتباعي جزيل عطيتي

ولي من مفيض الجمع عند سلامه   علي بأو أدنى إشارة نسبة

ومن نور مشكاة ذاتي أشرقت   علي فنارت بي عشائي كضحوتي

فأشهدتني كوني هناك فكنته   وشاهدته إياي والنور بهجتي

فبي قدس الوادي وفيه خلعت خلع   نعلي على النادي وجدت بخلعتي

وآنست أنواري فكنت لها هدى   وناهيك من نفس عليها مضيئة

لأسمع أفعالي بسمع بصيرة ... وأشهد أقوالي بعين سميعة
فإن ناح في الأيك الهزار وغردت ... جوابا له الأطيار في كل دوحة
وأطرب بالمزمار مصلحه على ... مناسبة الأوتار من يد قينة
وغنت من الأشعار ما رق فارتقت ... لسدرتها الأسرار في كل شذوة
تنزهت في آثار صنعي منزها ... عن الشرك بالأغيار جمعي وألفتي
فبي مجلس الأذكار سمع مطالع ... ولي حانة الخمار عين طليعة
وما عقد الزنار حكما سوى يدي ... وإن حل بالإقرار بي فهي حلت
وإن نار بالتنزيل محراب مسجد ... فما بار بالإنجيل هيكل بيعة
وأسفار توراة الكليم لقومه ... تناجي بها الأحبار في كل ليلة
وإن خر للأحجار في البد عاكف ... فلا وجه للإنكار بالعصبية
وقد عبد الدينار معنى منزه ... عن العار في الإشراك بالوثنية
وقد بلغ الإنذار عني من بغى ... وقامت بي الأعذار في كل فرقة
فما زاغت الأبصار من كل ملة ... ولا راغت الأفكار في كل نحلة
وما اختار من للشمس عن غرة صبا ... وإشراقها من نور إسفار غرتي
وإن عبد النار المجوس وما انطفت ... كما جاء في الأخبار في ألف حجة

فالأشكالُ كانت مظاهرُ فعلِه ... بسترٍ تلاشتْ أو تجلّتْ وولّتِ

وكانت له بالفعلِ نفسي شبيهةً ... وحِسّي كالأشكالِ واللُّبسُ سُترتي

فلمّا رفعتُ السترَ عنّي كرفعِه ... بحيثُ بدتْ لي نفسي من غيرِ حَجْبةِ

وقد طلعتْ شمسُ الشهودِ فأشرقَ ... الوجودُ وحُلّتْ بي عُقودُ أُخيّتي

قتلتُ غلامَ النفسِ بينَ إقامتي ... الجدارِ لأحكامي وخَرقِ سفينتي

وعُدتُ بإمدادي على كلِّ عالَمٍ ... على حسبِ الأفعالِ في كلِّ مدّةِ

ولولا احتجابي بالصفاتِ لأُحرِقتْ ... مظاهرُ ذاتي من سنا سُبُحتي

وألسنةُ الأكوانِ إن كنتَ واعيًا ... شهودٌ بتوحيدي بحالٍ فصيحةِ

وجاءَ حديثٌ في اتحادي ثابتٌ ... روايتُه في النقلِ غيرُ ضعيفةِ

يُشيرُ بحبِّ الحقِّ بعدَ تقرّبٍ ... إليه بنفلٍ أو أداءِ فريضةِ

وموضعُ تنبيهِ الإشارةِ ظاهرٌ ... بكنتُ له سمعًا كنورِ الظهيرةِ

تسبّبتُ في التوحيدِ حتّى وجدتُه ... وواسطةُ الأسبابِ إحدى أدلّتي

ووحّدتُ في الأسبابِ حتّى فقدتُها ... ورابطةُ التوحيدِ أجدى وسيلةِ

وجرّدتُ نفسي عنهما فتجرّدتْ ... ولم تكُ يومًا قطُّ غيرَ وحيدةِ

وغصتُ بحارَ الجمعِ بل خضتُها على ... انفرادي فاستخرجتُ كلَّ يتيمةِ

وتلحظ أشباحا ترائى بأنفس   مجردة في أرضها مستبينة

تباين أنس الإنس صورة لبسها   لوحشتها والجن غير أنيسة

وتطرح في النهر الشباك فتخرج ال   سماك يد الصياد منها بسرعة

ويحتال بالأشراك ناصبها على   وقوع خماص الطير منها بحبة

ويكسر سفن اليم ضاري دوابه   وتظفر آساد الشرى بالفريسة

ويصطاد بعض الطير بعضا من الفضا   ويقنص بعض الوحش بعضا بقفرة

وتلمح منها ما تخطيت ذكره   ولم أعتمد إلا على خير ملحة

وفي الزمن الفرد اعتبر تلق كل ما   بدا لك لا في مدة مستطيلة

فكل الذي شاهدته فعل واحد   بمفرده لكن بحجب الأكنة

إذا ما أزال الستر لم تر غيره   ولم يبق بالأشكال إشكال ريبة

وحققت عند الكشف أن بنوره   اهتديت إلى أفعاله في الدجنة

كذا كنت ما بيني وبيني مسبلا   حجاب التباس النفس في نور ظلمة

لأظهر بالتدريج بالحس مؤنسا   لها في ابتداعي دفعة بعد دفعة

قرنت بجدي لهو ذاك مقربا   لفهمك غايات المرامي البعيدة

ويجمعنا في المظهرين تشابه   وليست بحالي حاله بشبيهة

تجمعت الأضداد فيها لحكمة   فأشكالها تبدو على كل هيئة

صوامت تبدي النطق وهي سواكن   تحرك تبدي النور غير ضوية

وتضحك إعجابا كأجذل فارح   وتبكي انتحابا مثل ثكلى حزينة

وتندب إن أنت على سلب نعمة   وتطرب إن غنت على طيب نغمة

ترى الطير في الأغصان يطرب سجعها   بتغريد ألحان لديك شجية

وتعجب من أصواتها بلغاتها   وقد أعربت عن ألسن أعجمية

وفي البر ترى العيس تخترق الفلا   وفي البحر تجري الفلك في وسط لجة

وتنظر للجيشين في البر مرة   وفي البحر أخرى في جموع كثيرة

لباسهم نسج الحديد لبأسهم   وهم في حمى حدى الظبى والأسنة

فأجناد جيش البر ما بين فارس   على فرس أو راجل رب رجلة

وأكناد جيش البحر ما بين راكب   مطا مركب أو صاعد مثل صعدة

فمن ضارب بالبيض فتكا وطاعن   بسمر القنا العسالة السمهرية

ومن مغرق بالنار رشقا بأسهم   ومن محرق بالماء زرقا بشعلة

ترى ذا مغيرا باذلا نفسه وذا   يولي كسيرا عند ذل الهزيمة

وتشهد نصب المنجنيق ورميها   بهدم الصياصي والحصون المنيعة

فأصبحت ذا علمٍ بأخبار من مضى وأسرارِ من يأتي مُدِلّاً بخبرةِ
أتحسب من جاراك في سِنة الكرى سواك بأنواع العلوم الجليلةِ
وما هي إلا النفس عند اشتغالها بعالمها من مظهر البشريةِ
تجلت لها بالغيب في كل عالمٍ هداها إلى فهم المعاني الغريبةِ
وقد طُبعت فيها العلوم وأُعلمت بأسمائها قِدماً بوحي الأبوةِ
وبالعلم من فرق السوى ما تنعمت ولكن بما أملت عليها تملتِ
ولو أنها قبل المنام تجردت لشاهدتها مثلي بعين صحيحةِ
وتجريدها العاديُّ أثبت أولاً تجردها الثاني العاديَّ فأثبتِ
ولا تك ممن طيّشته دروسُه بحيث استقلت عقلَه واستفزتِ
فثمّ وراء النقل علمٌ يدِق عن مدارك غايات العقول السليمةِ
تلقيته مني وعني أخذته ونفسي كانت من عطائي مُمِدتي
فلا تك باللاهي عن اللهو جملةً فهزل الملاهي جِدُّ نفسٍ مُجِدةِ
وإياك والإعراض عن كل صورةٍ مموهةٍ أو حالةٍ مستحيلةِ
فطيف خيال الظل يهدي إليك في كرى اللهو ما عنه الستائر شُقّتِ
ترى صور الأشياء تُجلى عليك من وراء حجاب اللبس في كل خلقةِ

فإن كنت مني فانح جمعي وامح فر　　ق صدعي ولا تجنح بجنح الطبيعة
فدونكها آيات إلهام حكمة　　لأوهام حدس الحس عنك مزيلة
ومن قائل بالنسخ والمسخ واقع　　به أبرأن وكن عما يراه بعزلة
ودعه ودعوى الفسخ فالرسخ لائق　　به أبدا لو صح في كل دورة
وضربي لك الأمثال مني منة　　عليك بشأني مرة بعد مرة
تأمل مقامات السروجي واعتبر　　بتلوينه تحمد قبول مشورتي
وتدر التباس النفس بالحس باطنا　　بمظهرها في كل شكل وصورة
وفي قوله إن مان فالحق ضارب　　به مثلا والنفس غير مجدة
فكن فطنا وانظر بحسك منصفا　　لنفسك في أفعالك الأثرية
وشاهد إذا استجليت نفسك ما ترى　　بغير مراء في المرائي الصقيلة
أغيرك فيها لاح أم أنت ناظر　　إليك بها عند انعكاس الأشعة
وأصغ لرجع الصوت بعد انقطاعه　　إليك بأكناف القصور المشيدة
أهل كان من ناجاك ثم سواك أم　　سمعت خطابا عن صداك المصوت
وقل لي من ألقى إليك علومه　　وقد ركدت منك الحواس بغفوة
وما كنت تدري قبل يومك ما جرى　　بأمسك أو ما سوف يجري بغدوة

فَمِنّيَ الدُّعاةُ السّابقين إليّ في   يَميني وَيُسْرُ اللاحقين بيُسْرَتي
وَلا تَحْسَبَنّ الأَمْرَ عَنّيَ خارِجاً   فَما سادَ إلّا داخِلٌ في عُبُودَتي
وَلَولايَ لَمْ يُوجَدْ وُجودٌ وَلَمْ يَكُنْ   شُهودٌ وَلَمْ تُعْهَدْ عُهودٌ بِذِمّتي
فَلا حَيَّ إلّا عَنْ حَياتي حَياتُهُ   وَطَوْعُ مُرادي كُلُّ نَفْسٍ مُريدَةِ
وَلا قائِلٌ إلّا بِلَفْظي مُحَدِّثٌ   وَلا ناظِرٌ إلّا بِناظِرِ مُقْلَتي
وَلا مُنْصِتٌ إلّا بِسَمْعي سامِعٌ   وَلا باطِشٌ إلّا بِأَزْلي وَشِدَّتي
وَلا ناطِقٌ غَيْري وَلا ناظِرٌ وَلا   سَميعٌ سِوائي مِنْ جَميعِ الخَليقَةِ
وَفي عالَمِ التَّرْكيبِ في كُلِّ صورَةٍ   ظَهَرْتُ بِمَعْنىً عَنْهُ بالحُسْنِ زِينَتي
وَفي كُلِّ مَعْنىً لَمْ تُبِنْهُ مَظاهِري   تَصَوَّرْتُ لا في هَيْئَةٍ هَيْكَلِيَّةِ
وَفيما تَراهُ الرُّوحُ كَشْفَ فِراسَةٍ   خَفيتُ عَنِ المَعْنى المُعَنّى بِدِقَّةِ
وَفي رَحَموتِ البَسْطِ كُلّي رَغْبَةٌ   بِها انْبَسَطَتْ آمالُ أَهْلِ بَسيطَتي
وَفي رَهَبوتِ القَبْضِ كُلّي هَيْبَةٌ   فَفيما أَجَلْتُ العَيْنَ مِنّي أَجَلَّتِ
وَفي الجَمْعِ بالوَصْفَيْنِ كُلّي قُرْبَةٌ   فَحَيَّ عَلى قُرْبي خِلالي الجَميلَةِ
وَفي مُنْتَهى في لَمْ أَزَلْ بي واجِداً   جَلالَ شُهودي عَنْ كَمالِ سَجِيَّتي
وَفي حَيْثُ لا في لَمْ أَزَلْ فِيَّ شاهِداً   جَمالَ وُجودي لا بِناظِرِ مُقْلَتي

كراماتهم من بعض ما خصّهم به ... بما خصّهم من إرث كلّ فضيلة
فمن نصرة الدين الحنيفي بعده ... قتال أبي بكرٍ لآل حنيفة
وسارية ألجاه للجبل النّدا ... ءُ من عمرٍ والدار غير قريبة
ولم يشتغل عثمان عن ورده وقد ... أدار عليه القوم كأس المنيّة
وأوضح بالتأويل ما كان مشكلاً ... عليٌّ بعلمٍ ناله بالوصيّة
وسائرهم مثل النجوم من اقتدى ... بأيّهم منه اهتدى بالنصيحة
وللأولياء المؤمنين به ولم ... يروه اجتبا قربٍ لقرب الأخوّة
وقربهم معنىً له كاشتياقه ... لهم صورةً فاعجب لحضرة غيبة
وأهل تلقّي الروح باسمي دعوا إلى ... سبيلي وحجّوا الملحدين بحجّتي
وكلّهم عن سبق معناي دائرٌ ... بدائرتي أو واردٌ من شريعتي
وإنّي وإن كنت ابن آدم صورةً ... فلي فيه معنىً شاهدٌ بأبوّتي
ونفسي عن حجر التجلّي برشدها ... تجلّت وفي حجر التجلّي تربّت
وفي المهد حزبي الأنبياء وفي عنا ... صري لوحي المحفوظ والفتح سورتي
وقبل فصالي دون تكليف ظاهري ... ختمت بشرعي الموضحي كلّ شرعة
فهم والأُلى قالوا بقولهم على ... صراطي لم يعدوا مواطي مشيئتي

وَأَخْمَدَ إِبْراهِيمُ نارَ عَدُوِّهِ   وَعَنْ نُورِهِ عادَتْ لَهُ رَوْضَ جَنَّةِ

وَلَمّا دَعَى الأَطْيارَ مِنْ كُلِّ شاهِقٍ   وَقَدْ ذُبِحَتْ جاءَتْهُ غَيْرَ عَصِيَّةِ

وَمِنْ يَدِ مُوسَى عَصاهُ تَلَقَّفَتْ   مِنَ السِّحْرِ أَهْوالاً عَلَى النَّفْسِ شَقَّتِ

وَمِنْ حَجَرٍ أَجْرَى عُيُوناً بِضَرْبَةٍ   بِها دِيَماً سَقَّتْ وَلِلْبَحْرِ شَقَّتِ

وَيُوسُفُ إِذْ أَلْقَى الْبَشِيرُ قَمِيصَهُ   عَلَى وَجْهِ يَعْقُوبٍ إِلَيْهِ بِأَوْبَةِ

رَآهُ بِعَيْنٍ قَبْلَ مَقْدَمِهِ بَكَى   عَلَيْهِ بِها شَوْقاً إِلَيْهِ فَكُفَّتِ

وَفِي آلِ إِسْرائِيلَ مائِدَةٌ مِنَ   السَّماءِ لِعِيسَى أُنْزِلَتْ ثُمَّ مُدَّتِ

وَمِنْ أَكْمَهٍ أَبْرا وَمِنْ وَضَحٍ عَدا   شِفاً وَأَعادَ الطِّينَ طَيْراً بِنَفْخَةِ

وَسِرُّ انْفِعالاتِ الظَّواهِرِ باطِناً   عَنِ الإِذْنِ ما أَلْقَتْ بِأُذْنِكَ صِيغَتِي

وَجاءَ بِأَسْرارِ الْجَمِيعِ مُفِيضُها   عَلَيْنا لَهُمْ خَتْماً عَلَى حِينِ فَتْرَةِ

وَما مِنْهُمُ إِلّا وَقَدْ كانَ داعِياً   بِهِ قَوْمَهُ لِلْحَقِّ عَنْ تَبَعِيَّةِ

فَعالِمُنا مِنْهُمْ نَبِيٌّ وَمَنْ دَعا   إِلَى الْحَقِّ مِنّا قامَ بِالرُّسُلِيَّةِ

وَعارِفُنا فِي وَقْتِنا الأَحْمَدِيِّ مِنْ   أُولِي الْعَزْمِ مِنْهُمْ آخِذٌ بِالْعَزِيمَةِ

وَما كانَ مِنْهُمْ مُعْجِزاً صارَ بَعْدَهُ   كَرامَةَ صِدِّيقٍ لَهُ أَوْ خَلِيفَةِ

بِعِتْرَتِهِ اسْتَغْنَتْ عَنِ الرُّسُلِ الْوَرَى   وَأَصْحابِهِ وَالتّابِعِينَ الأَئِمَّةِ

وأحضر ما قد عزّ للبعد حمله   ولم يرتدد طرفي إلى بغمضة
وأنشق أرواح الجنان وعرف ما   يصافح أذيال الرياح بنسمة
وأستعرض الآفاق نحوي بخطرة   وأخترق السبع الطباق بخطوة
وأشباح من لم تبق فيهم بقية   بجمعي كالأرواح حفّت فخفّت
فمن قال أو من طال أو صال إنما   يمتّ بإمدادي له برقيقة
وما سار فوق الماء أو طار في الهوى   أو اقتحم النيران إلا بهمّتي
وعنّي من أمددته برقيقة   تصرّف عن مجموعه في دقيقة
وفي ساعة أو دون ذلك من تلا   بمجموعه جمعي تلا ألف ختمة
ومنّي لو قامت بميت لطيفة   لردّت إليه نفسه وأعيدت
هي النفس إن ألقت هواها تضاعفت   قواها وأعطت فعلها كل ذرّة
وناهيك جمعا لا بفرق مساحتي   مكان مقيس أو زمان موقّت
بذاك علا الطوفان نوح وقد نجا   به من نجا من قومه في السفينة
وغاض له ما فاض عنه استجادة   وجدّ إلى الجوديّ بها واستقرّت
وسار ومتن الريح تحت بساطه   سليمان بالجيشين فوق البسيطة
وقبل ارتداد الطرف أحضر من سبا   له عرش بلقيس بغير مشقّة

وَلَمّا شَعَبْتُ ٱلصَّدْعَ وَٱلْتَأَمَتْ فُطُو ... رُ شَمْلِي بِفَرْقِ ٱلْوَصْفِ غَيْرَ مُشَتَّتِ

وَلَمْ يَبْقَ ما بَيْنِي وَبَيْنَ تَوَثُّقِي ... بِإِيناسِ وُدِّي ما يُؤَدِّي لِوَحْشَةِ

تَحَقَّقْتُ أَنّا فِي ٱلْحَقِيقَةِ واحِدٌ ... وَأَثْبَتَ صَحْوُ ٱلْجَمْعِ مَحْوَ ٱلتَّشَتُّتِ

وَكُلِّي لِسانٌ ناظِرٌ مِسْمَعٌ يَدٌ ... لِنُطْقٍ وَإِدْراكٍ وَسَمْعٍ وَبَطْشَةِ

فَعَيْنِي ناجَتْ وَٱللِّسانُ مُشاهِدٌ ... وَيَنْطِقُ مِنِّي ٱلسَّمْعُ وَٱلْيَدُ أَصْغَتِ

وَسَمْعِي عَيْنٌ تَجْتَلِي كُلَّ ما بَدا ... وَعَيْنِي سَمْعٌ إِنْ شَدا ٱلْقَوْمُ تُنْصِتِ

وَمِنِّي عَنْ أَيْدٍ لِسانِي يَدٌ كَما ... يَدِي لِي لِسانٌ فِي خِطابِي وَخُطْبَتِي

كَذاكَ يَدِي عَيْنٌ تَرَى كُلَّ ما تَرَى ... وَعَيْنِي يَدٌ مَبْسُوطَةٌ عِنْدَ بَسْطَتِي

وَسَمْعِي لِسانٌ فِي مُخاطَبَتِي كَذا ... لِسانِي فِي إِصْغائِهِ سَمْعُ مُنْصِتِ

وَلِلشَّمِّ أَحْكامُ ٱطِّرادِ ٱلْقِياسِ فِي ... ٱتِّحادِ صِفاتِي أَوْ بِعَكْسِ ٱلْقَضِيَّةِ

وَما فِيَّ عُضْوٌ خُصَّ مِنْ دُونِ غَيْرِهِ ... بِتَعْيِينِ وَصْفٍ مِثْلِ عَيْنٍ بَصِيرَةِ

وَمِنِّي عَلَى أَفْرادِها كُلُّ ذَرَّةٍ ... جَوامِعَ أَفْعالِ ٱلْجَوارِحِ أَحْصَتِ

تُناجِي فَتُصْغِي عَنْ شُهُودِ مُصَرِّفٍ ... بِمَجْمُوعِهِ فِي ٱلْحالِ عَنْ يَدِ قُدْرَتِي

فَأَتْلُو عُلُومَ ٱلْعالَمِينَ بِلَفْظَةٍ ... وَأَجْلُو عَلَيَّ ٱلْعالَمِينَ بِلَحْظَةِ

وَأَسْمَعُ أَصْواتَ ٱلدُّعاةِ وَسائِرَ ٱللُّغا ... تِ بِوَقْتٍ دُونَ مِقْدارِ لَمْحَةِ

وللنفس منها بالتحقق في مقا   م الاحسان عن أنبائه النبوية
لطائف أخبار وظائف منحة   صحائف أخبار خلائف حسبة
وللجمع من مبدا كأنك وانتها   وإن لم تكن عن آية النظرية
غيوث انفعالات بعوث تنزه   حدوث اتصالات ليوث كتيبة
فمرجعها للحس في عالم الشها   دة المجتدي ما النفس مني أحلت
فصول عبارات وصول تحية   حصول إشارات أصول عطية
ومطلعها في عالم الغيب ما وجد   ت من نعم مني على استجدت
بشائر إقرار بصائر عبرة   سرائر آثار ذخائر دعوة
وموضعها في عالم الملكوت ما   خصصت من الإسرا به دون أسرتي
مدارس تنزيل محارس غبطة   مغارس تأويل فوارس منعة
وموقعها في عالم الجبروت من   مشارق فتح للبصائر مبهت
أرائك توحيد مدارك زلفة   مسالك تمجيد ملائك نصرة
ومنبعها بالفيض في كل عالم   لفاقة نفس بالإفاقة أثرت
فوائد إلهام روائد نعمة   عوائد إنعام موائد نعمة
وتجري بما تعطي الطريقة سائري   على نهج ما مني الحقيقة أعطت

فَلَفْظٌ وَكُلِّي بِي لِسَانٌ مُحَدِّثٌ   وَلَحْظٌ وَكُلِّي فِيَّ عَيْنٌ لِعَبْرَتِي
وَسَمْعٌ وَكُلِّي بِالنَّدَا أَسْمَعُ النِّدَا   وَكُلِّي فِي رَدِّ الرَّدَى يَدُ قُوَّتِي
مَعَانِي صِفَاتٍ مَا وَرَا اللَّبْسِ أُثْبِتَتْ   وَأَسْمَاءُ ذَاتٍ مَا رَوَى الحِسُّ بَثَّتِ
فَتَصْرِيفُهَا مِنْ حَافِظِ العَهْدِ أَوَّلًا   بِنَفْسٍ عَلَيْهَا بِالوَلَاءِ حَفِيظَةِ
شَوَادِي مُبَاهَاةٍ هَوَادِي تَنَبُّهٍ   بَوَادِي فُكَاهَاةٍ غَوَادِي رَجِيَّةِ
وَتَوْفِيقُهَا مِنْ مُوثِقِ العَهْدِ آخِرًا   بِنَفْسٍ عَلَى عِزِّ الإِبَاءِ أَبِيَّةِ
جَوَاهِرُ أَنْبَاءٍ زَوَاهِرُ وُصْلَةٍ   ظَوَاهِرُ أَنْبَاءٍ قَوَاهِرُ صَوْلَةِ
وَتَعْرِيفُهَا مِنْ قَاصِدِ الحَزْمِ ظَاهِرًا   سَجِيَّةُ نَفْسٍ بِالوُجُودِ سَخِيَّةِ
مَثَانِي مُنَاجَاةٍ مَغَانِي نَبَاهَةٍ   مَعَانِي مُحَاجَاةٍ مَبَانِي قَضِيَّةِ
وَتَشْرِيفُهَا مِنْ صَادِقِ العَزْمِ بَاطِنًا   إِنَابَةُ نَفْسٍ بِالشُّهُودِ رَضِيَّةِ
نَجَائِبُ آيَاتٍ غَرَائِبُ نُزْهَةٍ   رَغَائِبُ غَايَاتٍ كَتَائِبُ نَجْدَةِ
فَلِلَّبْسِ مِنْهَا بِالتَّعَلُّقِ فِي مَقَا   مِ الإِسْلَامِ عَنْ أَحْكَامِهِ الحُكْمِيَّةِ
عَقَائِقُ أَحْكَامٍ دَقَائِقُ حِكْمَةٍ   حَقَائِقُ أَحْكَامٍ رَقَائِقُ بَسْطَةِ
وَلِلْحِسِّ بِالتَّحْقِيقِ فِي مَقَا   مِ الإِيمَانِ عَنْ أَعْلَامِهِ العَمَلِيَّةِ
صَوَامِعُ أَذْكَارٍ لَوَامِعُ فِكْرَةٍ   جَوَامِعُ آثَارٍ قَوَامِعُ عِزَّةِ

وأوجدني روحي وروح تنفّسي   يعطّر أنفاس العبير المفتّت

وعن شرك وصف الحسّ كلّي منزّه   وفيّ وقد وحّدت ذاتي نزهتي

ومدح صفاتي بي يوفّق مادحي   لحمدي ومدحي بالصفات مذمّتي

فشاهد وصفي بي جليسي وشاهدي   به لاحتجابي لن يحلّ بحلّتي

وبي ذكر أسمائي تيقّظ رؤية   وذكري بها رؤيا توسّن هجعتي

كذاك بفعلي عارف بي جاهل   وعارفه بي عارف بالحقيقة

فخذ علم أعلام الصفات بظاهر ال   معالم من نفس بذاك عليمة

وفهم أسامي الذات عنها بباطن ال   عوالم من روح بذاك مشيرة

ظهور صفاتي عن أسامي جوارحي   مجازاً بها للحكم نفسي تسمّت

رقوم علوم في ستور هياكل   على ما وراء الحسّ في النفس ورّت

وأسماء ذاتي عن صفات جوانحي   جوازاً لأسرار بها الروح سرّت

رموز كنوز عن معاني إشارة   بمكنون ما تخفي السرائر حفّت

وآثارها في العالمين بعلمها   وعنها بها الأكوان غير غنيّة

وجود اقتنا ذكر بأيد تحكّم   شهود اجتنا شكر بأيد نعيمة

مظاهر لي فيها بدوت ولم أكن   عليّ بخاف قبل موطن برزتي

وَأَسْأَلُنِي رَفْعَ ٱلْحِجَابِ بِكَشْفِي ٱلنِّقَابَ وَبِي كَانَتْ إِلَيَّ وَسِيلَتِي
وَأَنْظُرُ فِي مِرْآةِ حُسْنِي كَيْ أَرَى جَمَالَ وُجُودِي فِي شُهُودِي طَلْعَتِي
فَإِنْ فُهْتُ بِٱسْمِي أُصْغِ نَحْوِي تَشَوُّقًا إِلَى مُسْمِعِي ذِكْرِي بِنُطْقِي وَأُنْصِتِ
وَأُلْصِقُ بِٱلْأَحْشَاءِ كَفِّي عَسَايَ أَنْ أُعَانِقَهَا فِي وَضْعِهَا عِنْدَ ضَمَّتِي
وَأَهْفُو لِأَنْفَاسِي لَعَلِّيَ وَاجِدِي بِهَا مُسْتَجِيزًا أَنَّهَا بِي مَرَّتِ
إِلَى أَنْ بَدَا مِنِّي لِعَيْنِي بَارِقٌ وَبَانَ سَنَا فَجْرِي وَبَانَتْ دُجُنَّتِي
هُنَاكَ إِلَى مَا أَحْجَمَ ٱلْعَقْلُ دُونَهُ وَصَلْتُ وَبِي مِنِّي ٱتِّصَالِي وَوُصْلَتِي
فَأَسْفَرْتُ بِشْرًا إِذْ بَلَغْتُ إِلَيَّ عَنْ يَقِينٍ يَقِينِي شَدَّ رَحْلٍ لِسَفْرَتِي
وَأَرْشَدْتُنِي إِذْ كُنْتُ عَنِّي نَاشِدِي إِلَيَّ وَنَفْسِي بِي عَلَيَّ دَلِيلَتِي
وَأَسْتَارُ لَبْسِ ٱلْحِسِّ لَمَّا كَشَفْتُهَا وَكَانَتْ لَهَا أَسْرَارُ حُكْمِي أَرْخَتِ
رَفَعْتُ حِجَابَ ٱلنَّفْسِ عَنْهَا بِكَشْفِي ٱلنِّقَابَ وَكَانَتْ عَنْ سُؤَالِي مُجِيبَتِي
وَكُنْتُ جِلَا مِرْآةِ ذَاتِي مِنْ صَدَا صِفَاتِي وَمِنِّي أُحْدِقَتْ بِأَشِعَّتِي
وَأَشْهَدْتُنِي إِيَّايَ إِذْ لَا سِوَايَ فِي شُهُودِي مَوْجُودٌ فَيَقْضِي بِزَحْمَةِ
وَأَسْمَعُنِي فِي ذِكْرِيَ ٱسْمِي ذَاكِرِي وَنَفْسِي بِنَفْيِ ٱلْحِسِّ أَصْغَتْ وَأَسْمَعَتِ
وَعَانَقْتُنِي لَا بِٱلْتِزَامِ جَوَارِحِي ٱلْجَوَانِحَ لَكِنِّي ٱعْتَنَقْتُ هُوِيَّتِي

ولا قطب قبلي عن ثلاث خلفته وقطبية الأوتاد عن بدليتي

فلا تعد خطي المستقيم فإن في الزوايا خبايا فانتهز خير فرصة

فعني بدا في الذر في الولا ولي لبان ثدي الجمع مني درت

وأعجب ما فيها شهدت فراعني ومن نفث روح القدس في الروع روعتي

وقد أشهدتني حسنها فشهدت عن حجاي فلم أثبت حلاي لدهشتي

ذهلت بها عني بحيث ظننتني سواي ولم أقصد سواء مظنتي

ودلهني فيها ذهولي ولم أفق علي ولم أقف التماسي بظنتي

فأصبحت فيها والها لاهيا بها ومن وله شغلا بها عنه ألهت

ومن شغلي عني شغلت فلو بها قضيت ردى ما كنت أدري بنقلتي

ومن ملح الوجد المدله في الهوى الموله عقلي سبي سلب كغفلتي

أسائلها عني إذا ما لقيتها ومن حيث أهدت لي هداي أضلت

وأطلبها مني وعندي لم تزل عجبت لها بي كيف عني استجنت

وما زلت في نفسي بها مترددا لنشوة حسي والمحاسن خمرتي

أسافر عن علم اليقين لعينه إلى حقه حيث الحقيقة رحلتي

وأنشدني عني لأرشدني على لساني إلى مسترشدي عند نشدتي

وَلَيْسُوا بِقَوْمِي مَنْ عَلَيْهِمْ تَعَاقَبَتْ   صِفَاتُ ٱلْتِبَاسٍ أَوْ سِمَاتُ بَقِيَّةِ

وَمَنْ لَمْ يَرِثْ مِنِّي ٱلْكَمَالَ فَنَاقِصٌ   عَلَى عَقِبَيْهِ نَاكِصٌ فِي ٱلْعُقُوبَةِ

وَمَا فِيَّ مَا يُفْضِي لِلَبْسٍ بَقِيَّةٌ   وَلَا فَيْءَ لِي يُقْضِي عَلَيَّ بِفَيْئَتِي

وَمَاذَا عَسَى يُلْقِي جَنَانٌ وَمَا بِهِ   يَفُوهُ لِسَانٌ بَيْنَ وَحْيٍ وَصِيغَةِ

تَعَانَقَتِ ٱلْأَطْرَافُ عِنْدِي وَٱنْطَوَى   بِسَاطُ ٱلسِّوَى عَدْلًا بِحُكْمِ ٱلسَّوِيَّةِ

وَعَادَ وُجُودِي فِي فَنَا ثَنَوِيَّةِ   ٱلْوُجُودِ شُهُودًا فِي بَقَا أَحَدِيَّةِ

فَمَا فَوْقَ طَوْرِ ٱلْعَقْلِ أَوَّلُ فَيْضَةٍ   كَمَا تَحْتَ طَوْرِ ٱلنَّقْلِ آخِرُ قَبْضَةِ

لِذَلِكَ عَنْ تَفْضِيلِهِ وَهْوَ أَهْلُهُ   نَهَانَا عَلَى ذِي ٱلنُّونِ خَيْرُ ٱلْبَرِيَّةِ

أَشَرْتُ بِمَا تُعْطِي ٱلْعِبَارَةُ وَٱلَّذِي   تَغَطَّى فَقَدْ أَوْضَحْتُهُ بِلَطِيفَةِ

وَلَيْسَ أَلَسْتُ ٱلْأَمْسِ غَيْرًا لِمَنْ غَدَا   وَجُنْحِي غَدَا صُبْحِي وَيَوْمِي لَيْلَتِي

وَسِرُّ بَلَى لِلَّهِ مِرْآةُ كَشْفِهَا   وَإِثْبَاتُ مَعْنَى ٱلْجَمْعِ نَفْيُ ٱلْمَعِيَّةِ

فَلَا ظُلَمٌ تَغْشَى وَلَا ظُلْمَ يُخْتَشَى   وَنِعْمَةُ نُورِي أَطْفَأَتْ نَارَ نِقْمَتِي

وَلَا وَقْتَ إِلَّا حِينَ لَا وَقْتَ حَاسِبٌ   وُجُودَ وُجُودِي مِنْ حِسَابِ ٱلْأَهِلَّةِ

وَمَسْجُونُ حَصْرِ ٱلْعَصْرِ لَمْ يَرَ مَا وَرَا   ءَ سِجِّينِهِ فِي جَنَّةِ ٱلْأَبَدِيَّةِ

فَبِي دَارَتِ ٱلْأَفْلَاكُ فَٱعْجَبْ لِقُطْبِهَا   ٱلْمُحِيطِ بِهَا وَٱلْقُطْبُ مَرْكَزُ نُقْطَةِ

وَلا شُبْهَةٌ وَالْجَمْعُ عَيْنُ تَيَقُّنٍ   وَلا وِجْهَةٌ وَالْأَيْنُ بَيْنَ تَشَتُّتِي

وَلا عِدَّةٌ وَالْعَدُّ كَالْحَدِّ قَاطِعٌ   وَلا مُدَّةٌ وَالْحَدُّ شِرْكٌ مُوَقِّتِ

وَلا نِدَّ فِي الدَّارَيْنِ يَقْضِي بِنَقْضِ مَا   بَنَيْتُ وَيُمْضِي أَمْرَهُ حُكْمُ إِمْرَتِي

وَلا ضِدَّ فِي الْكَوْنَيْنِ وَالْخَلْقُ مَا تَرَى   بِهِمْ لِلتَّسَاوِي مِنْ تَفَاوُتِ خِلْقَةِ

وَمِنِّي بَدَا لِي مَا عَلَيَّ لَبِسْتُهُ   وَعَنِّيَ الْبَوَادِي بِي إِلَيَّ أُعِيدَتِ

وَفِيَّ شَهِدْتُ السَّاجِدِينَ لِمَظْهَرِي   فَحَقَّقْتُ أَنِّي كُنْتُ آدَمَ سَجْدَتِي

وَعَايَنْتُ رُوحَانِيَّةَ الْأَرْضِينَ فِي   مَلائِكِ عِلِّيِّينَ أَكْفَاءَ رُتْبَتِي

وَمِنْ أُفُقِي الدَّانِي اجْتَدَى رُفَقِيَ الْهُدَى   وَمِنْ فَرْقِيَ الثَّانِي بَدَا جَمْعُ وَحْدَتِي

وَفِي صَعْقِ دَكِّ الْحِسِّ خَرَّتْ إِفَاقَةً   لِيَ النَّفْسُ قَبْلَ التَّوْبَةِ الْمُوسَوِيَّةِ

فَلا أَيْنَ بَعْدَ الْغَيْنِ وَالسُّكْرُ مِنْهُ قَدْ   أَفَقْتُ وَغَيْنُ الْعَيْنِ بِالصَّحْوِ أَصْحَتِ

فَآخِرُ مَحْوٍ جَاءَ خَتْمِي بَعْدَهُ   كَأَوَّلِ صَحْوٍ لِارْتِسَامٍ بِعِدَّةِ

وَمَأْخُوذُ مَحْوِ الطَّمْسِ مَحْقًا وَزِنَتُهُ   بِمَجْذُوذِ صَحْوِ الْحِسِّ فَرْقًا بِكِفَّةِ

وَنُقْطَةُ غَيْنِ الْغَيْنِ عَنْ صَحْوِيَ انْمَحَتْ   وَيَقْظَةُ عَيْنِ الْعَيْنِ مَحْوِيَ أَلْغَتِ

وَمَا فَاقِدٌ فِي الصَّحْوِ فِي الْمَحْوِ وَاجِدٌ   لِتَلْوِينِهِ أَهْلًا لِتَمْكِينِ زُلْفَةِ

تَسَاوَى النَّشَاوَى وَالصُّحَاةُ لِنَعْتِهِمْ   بِرَسْمِ حُضُورٍ أَوْ بِوَسْمِ حَظِيرَةِ

فعنّي على النفس العقود تحكّمت ... ومنّي على الحسّ الحدود أقيمت

وقد جاءني منّي رسولٌ عليه ما ... عنتّ عزيزٌ بي حريصٌ لرأفتي

فحكمي من نفسي عليها قضيته ... ولمّا تولّت أمرها ما تولّت

ومن عهد عهدي قبل عصر عناصري ... إلى دار بعثٍ قبل إنذار بعثتي

إليّ رسولاً كنت منّي مرسلاً ... وذاتي بآياتي عليّ استدلّت

ولمّا نقلت النفس عن ملك أرضها ... بحكم الشرا منها إلى ملك جنّة

وقد جاهدت فاستشهدت في سبيلها ... وفازت ببشرى بيعها حين أوفت

نمت بي لجمعي عن خلود سمائها ... ولم أرض إخلادي لأرض خليفة

وكيف دخولي تحت ملكي كأوليا ... ء ملكي وأتباعي وحزبي وشيعتي

فلا فلكٌ إلّا ومن نور باطني ... به ملكٌ يهدي الهدى بمشيئتي

ولا قطرَ إلّا حلّ من فيض ظاهري ... به قطرةٌ عنها السحائب سحّت

ومن مطلعي النور البسيط كلمعة ... ومن مشرعي البحر المحيط كقطرة

فكلّي لكلّي طالبٌ متوجّهٌ ... وبعضي لبعضي جاذبٌ بالأعنّة

ومن كان فوق التحت والفوق تحته ... إلى وجهه الهادي عنت كلّ وجهة

فتحت الثرى فوق الأثير لرتق ما ... فتقت وفتق الرتق ظاهر سنّتي

وبابُ تخطّي اتّصالي بحيث لا ‏‏ حجابَ وصالٍ عنه روحي ترقّت
على أثري من كان يؤثر قصده ‏‏ لمثلي فليركب له صدقَ عزمة
وكم لجّةٍ قد خضت قبل ولوجه ‏‏ فقيرُ الغنى ما بُلّ منها بنغبة
بمرآة قولي إن عزمت أريكه ‏‏ فأصغِ لما أُلقي بسمع بصيرة
لفظتُ من الأقوال لفظي عبرةً ‏‏ وحظّي من الأفعال في كلّ فعلة
ولحظي على الأعمال حسنُ ثوابها ‏‏ وحفظي للأحوال من شين ريبتي
ووعظي بصدق العزم إلقاءُ مخلصٍ ‏‏ ولفظي اعتبارُ اللفظ في كلّ قسمة
وقلبي بيتٌ فيه أسكن دونه ‏‏ ظهورُ صفاتي عنه من حُجُبيّتي
ومنها يميني في ركني مقبّلٌ ‏‏ ومن قبلتي للحكم في فيّ قبلتي
وحولي بالمعنى طوافي حقيقةً ‏‏ وسعيي لوجهي من صفائي لمروتي
وفي حرمٍ من باطني أمنُ ظاهري ‏‏ ومن حوله يُخشى تخطّفُ جيرتي
ونفسي بصومي عن سواي تفرّدا ‏‏ زكت وبفضل الفيض عنّي زكّت
وشفعُ وجودي في شهودي ظلّ في ‏‏ اتّحادي وترًا في تيقّظ غفوتي
وإسراءُ سرّي عن خصوص حقيقةٍ ‏‏ إليّ كسيري في عموم الشريعة
ولم ألهُ باللاهوت عن حكم مظهري ‏‏ ولم أنسَ بالناسوت مظهرَ حكمتي

فينحو سماء النفخ روحي ومظهري المسوّى بها يحنو لأتراب تربتي

فمني مجذوب إليها وجاذب إليه ونزع النزع في كل جذبة

وما ذاك إلا أن نفسي تذكرت حقيقتها من نفسها حين أوحت

فحنت لتجريد الخطاب ببرزخ التراب وكل آخذ بأزمتي

وينبيك عن شأني الوليد وإن نشا بليدا بإلهام كوحي وفطنة

إذا أنّ من شد القماط وحنّ في نشاط إلى تفريج إفراط شدة

يناغي فيلغي كل كلّ أصابه ويصغي لمن ناغاه كالمتنصت

وينسيه مرّ الخطب حلو خطابه ويذكره نجوى عهود قديمة

ويعرب عن حال السماع بحاله فيثبت للرقص انتفاء النقيصة

إذا هام شوقا بالمناغي وهمّ أن يطير إلى أوطانه الأولية

يسكّن بالتحريك وهو بمهده إذا ما له أيدي مربيه هزت

وجدت بوجد آخذي عند ذكرها بتحبير تال أو بألحان صيّت

كما يجد المكروب في نزع نفسه إذا ما له رسل المنايا توفت

فواجد كرب في سياق لفرقة كمكروب وجد لاشتياق لرفقة

فذا نفسه رقت إلى ما بدت به وروحي ترقت للمبادي العلية

يشاهدها فكري بطرف تخيلي   ويسمعها ذكري بمسمع فطنتي
ويحضرها للنفس وهمي تصورا   فيحسبها في الحس فهمي نديمتي
فأعجب من سكري بغير مدامة   وأطرب في سري ومني طربتي
فيرقص قلبي وارتعاش مفاصلي   يصفق كالشادي وروحي قينتي
وما برحت نفسي تقوت بالمنى   وتمحو القوى بالضعف حتى تقوت
هناك وجدت الكائنات تحالفت   على أنها والعون مني معينتي
ليجمع شملي كل جارحة بها   ويشمل جمعي كل منبت شعرة
ويخلع فيها بيننا لبس بيننا   على أنني لم ألفه غير ألفة
تنبه لنقل الحس للنفس راغبا   عن الدرس ما أبدت بوحي البديهة
لروحي يهدي ذكرها الروح كلما   سرت سحرا منها شمال وهبت
ويلتذ إن هاجته سمعي بالضحى   على ورق ورق شدت وتغنت
وينعم طرفي إن روته عشية   لإنسانه عنها بروق وأهدت
ويمنحه ذوقي ولمسي أكؤس   الشراب إذا ليلا علي أديرت
فيوحيه قلبي للجوارح باطنا   بظاهر ما رسل الجوارح أدت
ويحضرني في الجمع من باسمها شدا   فأشهدها عند السماع بجملتي

بها لَمْ يَبُحْ مَنْ لَمْ يَبُحْ دَمَهُ وفي الـ   إشارَةِ مَعْنًى ما ٱلعِبارَةُ حَدَّتِ

وَمَبْدأُ إبْداها ٱللَّذانِ تَسَبَّبا   إلى فُرْقَتِي وَٱلْجَمْعُ يَأْبَى تَشَتُّتِي

هُما مَعَنا في باطِنِ ٱلْجَمْعِ واحِدٌ   وَأَرْبَعَةٌ في ظاهِرِ ٱلفَرْقِ عُدَّتِ

وَإنِّي وَإيّاها لَذاتٌ وَمَنْ وَشَى   بِها وَثَنَى عَنْها صِفاتٌ تَبَدَّتِ

فَذا مُظْهِرٌ لِلرُّوحِ هادٍ لِأُفْقِها   شُهُودًا غَدا في صِيغَةٍ مَعْنَوِيَّةِ

وَذا مُظْهِرٌ لِلنَّفْسِ حادٍ لِرُفْقِها   وُجُودًا غَدا في صِيغَةٍ صُوَرِيَّةِ

وَمَنْ عَرَفَ ٱلأَشْكالَ مِثْلِي لَمْ يَشُبْهُ   شِرْكُ هُدًى في رَفْعِ إشْكالِ شُبْهَةِ

فَذاتِي بِٱللَّذّاتِ خَصَّتْ عَوالِمِي   بِمَجْمُوعِها إمْدادَ جَمْعٍ وَعَمَّتِ

وَجادَتْ وَلا ٱسْتِعْدادَ كَسْبٍ بِفَيْضِها   وَقَبْلَ ٱلتَّهَيِّي لِلْقَبُولِ ٱسْتَعَدَّتِ

فَبِالنَّفْسِ أَشْباحُ ٱلْوُجُودِ تَنَعَّمَتْ   وَبِالرُّوحِ أَرْواحُ ٱلشُّهُودِ تَهَنَّتِ

فَحالُ شُهُودِي بَيْنَ ساعٍ لِأُفْقِهِ   وَلاحٍ مُراعٍ رِفْقَهُ بِالنَّصِيحَةِ

شَهِيدٌ بِحالِي في ٱلسَّماعِ لِجاذِبِي   قَضاءُ مَقَرِّي أَوْ مَمَرُّ قَضِيَّتِي

وَيُثْبِتُ نَفْيَ ٱلالْتِباسِ تَطابُقُ ٱلـ   مِثالَيْنِ بِالخَمْسِ ٱلحَواسِّ ٱلمُبِينَةِ

وَبَيْنَ يَدَيْ مَرْمايَ دُونَكَ سِرَّ ما   تَلَقَّتْهُ مِنْها ٱلنَّفْسُ سِرًّا فَأَلْقَتِ

إذا لاحَ مَعْنَى ٱلحُسْنِ في أَيِّ صُورَةٍ   وَناحَ مَعْنَى ٱلحُزْنِ في أَيِّ سُورَةِ

صَرَفْتُ لَهَا كُلِّي عَلَى يَدِ حُسْنِهَا   فَضَاعَفَ لِي إِحْسَانُهَا كُلَّ وُصْلَةِ

يُشَاهِدُ مِنِّي حُسْنَهَا كُلُّ ذَرَّةٍ   بِهَا كُلُّ طَرْفٍ جَالَ فِي كُلِّ طَرْفَةِ

وَيُثْنِي عَلَيْهَا فِيَّ كُلُّ لَطِيفَةٍ   بِكُلِّ لِسَانٍ طَالَ فِي كُلِّ لَفْظَةِ

وَأَنْشَقُ رَيَّاهَا بِكُلِّ رَقِيقَةٍ   بِهَا كُلُّ أَنْفٍ نَاشِقٌ كُلَّ هَبَّةِ

وَيَسْمَعُ مِنِّي لَفْظَهَا كُلُّ بَضْعَةٍ   بِهَا كُلُّ سَمْعٍ سَامِعٍ مُتَنَصِّتِ

وَيَلْثِمُ مِنِّي كُلُّ جُزْءٍ لِثَامَهَا   بِكُلِّ فَمٍ فِي لَثْمِهِ كُلُّ قُبْلَةِ

فَلَوْ بُسِطَتْ جِسْمِي رَأَتْ كُلَّ جَوْهَرٍ   بِهِ كُلُّ قَلْبٍ فِيهِ كُلُّ مَحَبَّةِ

وَأَغْرَبُ مَا فِيهَا اسْتَجَدْتُ وَجَادَ لِي   بِهِ الْفَتْحُ كَشْفاً مُذْهِباً كُلَّ رِيبَةِ

شُهُودِي بِعَيْنِ الْجَمْعِ كُلَّ مُخَالِفٍ   وَلِيَّ ائْتِلَافٍ صَدَّهُ كَالْمَوَدَّةِ

أَحِبَّنِيَ اللَّاحِي وَغَارَ فَلَامَنِي   وَهَامَ بِهَا الْوَاشِي فَجَارَ بِرِقْبَتِي

فَشُكْرِي لِهَذَا حَاصِلٌ حَيْثُ بِرُّهَا   لِذَا وَاصِلٌ وَالْكُلُّ آثَارُ نِعْمَتِي

وَغَيْرِي عَلَى الْأَغْيَارِ يُثْنِي وَلِلسِّوَى   سِوَايَ يُثْنِي مِنْهُ عِطْفاً لِعَطْفَةِ

وَشُكْرِي لِي وَالْبِرُّ مِنِّيَ وَاصِلٌ   إِلَيَّ وَنَفْسِي بِاتِّحَادِي اسْتَبَدَّتِ

وَثَمَّ أُمُورٌ تَمَّ لِي كَشْفُ سِتْرِهَا   بِصَحْوٍ مُفِيقٍ عَنْ سِوَايَ تَغَطَّتِ

وَعَنِّيَ بِالتَّلْوِيحِ يَفْهَمُ ذَائِقٌ   غَنِيٌّ عَنِ التَّصْرِيحِ لِلْمُتَعَنِّتِ

وَلا شَنَّعَ الْواشي بِصَدٍّ وَجَفْوَةٍ   وَلا أَرْجَفَ اللّاحي بِبَيْنٍ وَسَلْوَةِ
وَلا اسْتَيْقَظَتْ عَيْنُ الرَّقيبِ وَلَمْ تَزَلْ   عَلَيَّ لَها في الْحُبِّ عَيْني رَقيبَتي
وَلا اخْتُصَّ وَقْتٌ دونَ وَقْتٍ بِطَيْبَةٍ   بِها كُلُّ أَوْقاتي مَواسِمُ لَذَّتي
نَهاري أَصيلٌ كُلُّهُ إِنْ تَنَسَّمَتْ   أَوائِلُهُ مِنْها بِرَدِّ تَحِيَّتي
وَلَيْلِيَ فيها كُلُّهُ سَحَرٌ إِذا   سَرى لِيَ مِنْها فيهِ عَرْفُ نُسَيْمَةِ
فَإِنْ طَرَقَتْ لَيْلًا فَشَهْرِيَ كُلُّهُ   بِها لَيْلَةُ الْقَدْرِ ابْتِهاجًا بِزَوْرَتي
وَإِنْ قَرُبَتْ داري فَعامِيَ كُلُّهُ   رَبيعُ اعْتِدالٍ في رِياضِ أَريضَةِ
وَإِنْ رَضِيَتْ عَنّي فَعُمْرِيَ كُلُّهُ   زَمانُ الصِّبا طيبًا وَعَصْرُ الشَّبيبَةِ
لَئِنْ جَمَعَتْ شَمْلَ الْمَحاسِنِ صورَةً   شَهِدْتُ بِها كُلَّ الْمَعاني الدَّقيقَةِ
فَقَدْ جَمَعَتْ أَحْشايَ كُلَّ صَبابَةٍ   بِها وَجَوًى يُنْبيكَ عَنْ كُلِّ صَبْوَةِ
وَلِمْ لا أُباهي كُلَّ مَنْ يَدَّعي الْهَوى   بِها وَأُناهي في افْتِخاري بِحُظْوَةِ
وَقَدْ نِلْتُ مِنْها فَوْقَ ما كُنْتُ راجِيًا   وَما لَمْ أَكُنْ أَمَّلْتُ مِنْ قُرْبِ قُرْبَتي
وَأَرْغَمَ أَنْفَ الْبَيْنِ لُطْفُ اشْتِمالِها   عَلَيَّ بِما يُرْبي عَلى كُلِّ مُنْيَةِ
بِها مِثْلَ ما أَمْسَيْتُ أَصْبَحْتُ مُغْرَمًا   وَما أَصْبَحَتْ فيهِ مِنَ الْحُسْنِ أَمْسَتِ
فَلَوْ مَنَحَتْ كُلَّ الْوَرى بَعْضَ حُسْنِها   خَلا يوسُفٍ ما فاتَهُمْ بِمَزِيَّةِ

وفي كل حي كل حي كميت — بها عنه قتل الهوى خير ميتة

تجمعت الأهواء فيها فما ترى — بها غير صب لا يرى غير صبوة

اذا سفرت في يوم عيد تزاحمت — على حسنها أبصار كل قبيلة

فأرواحهم تصبو لمعنى جمالها — وأحداقهم من حسنها في حديقة

وعندي عيدي كل يوم أرى به — جمال محياها بعين قريرة

وكل الليالي ليلة القدر ان دنت — كما كل أيام اللقا يوم جمعة

وسعيي لها حج به كل وقفة — على بابها قد عادلت كل وقفة

وأي بلاد الله حلت بها فما — أراها وفي عيني حلت غير مكة

وأي مكان ضمها حرم كذا — أرى كل دار أوطنت دار هجرة

وما سكنته فهو بيت مقدس — بقرة عيني فيه أحشاي قرت

ومسجدي الأقصى مساحب بردها — وطيبي ثرى أرض عليها تمشت

مواطن أفراحي ومربى مآربي — وأطوار أوطاري ومأمن خيفتي

مغان بها لم يدخل الدهر بيننا — ولا كادنا صرف الزمان بفرقة

ولا سعت الأيام في شت شملنا — ولا حكمت فينا الليالي بجفوة

ولا صبحتنا النائبات بنبوة — ولا حدثتنا الحادثات بنكبة

بدت فرأيت الحزم في نقض توبتي ... وقام بها عند النهى عذر محنتي
فمنها أماني من ضنى جسدي بها ... أماني آمال سخت ثم شحت
وفيها تلافي الجسم بالسقم صحة ... وتلاف النفس نفس الفتوة
وموتي بها وجدا حياة هنية ... وإن لم أمت في الحب عشت بغصتي
فيا مهجتي ذوبي جوى وصبابة ... ويا لوعتي كوني كذاك مذيبتي
ويا نار أحشائي أقيمي من الجوى ... حنايا ضلوعي فهي غير قويمة
ويا حسن صبري في رضى من أحبها ... تجمل وكن للدهر بي غير مشمت
ويا جلدي في جنب طاعة حبها ... تحمل عداك الكل كل عظيمة
ويا جسدي المضنى تسل عن الشفا ... ويا كبدي من لي بأن تتفتتي
ويا سقمي لا تبق لي رمقا فقد ... أبيت لبقيا العز ذل البقية
ويا صحتي ما كان من صحبتي انقضى ... ووصلك في الأحياء ميتا كهجرة
ويا كل ما أبقى الضنى مني ارتحل ... فما لك مأوى في عظام رميمة
ويا ما عسى مني أناجي توهما ... بياء الندا أونست منك بوحشة
فكل الذي ترضاه والموت دونه ... به أنا راض والصبابة أرضت
ونفسي لم تجزع بإتلافها أسى ... ولو جزعت كانت بغيري تأست

ولا تدعني فيها بنعت مقرّب   أراه بحكم الجمع فرق جريرة

فوصلي قطعي واقترابي تباعدي   وودّي صدّي وانتهائي بدايتي

وفي من بها ورّيت عنّي ولم أرد   سواي خلعت اسمي ورسمي وكنيتي

فسرت إلى ما دونه وقف الألى   وضلّت عقول بالعوائد ضلّت

فلا وصف لي والوصف رسم كذاك الاسم وسم فإن تكني فكنّ أو انعت

ومن أنا إيّاها إلى حيث لا إلى   عرجت وعطّرت الوجود برجعتي

وعن أنا إيّاي لباطن حكمة   وظاهر أحكام أقيمت لدعوتي

فغاية مجذوبي إليها ومنتهى   مراديه ما أسلفته قبل توبتي

ومنّي أوج السابقين بزعمهم   حضيض ثرى آثار موضع وطأتي

وآخر ما بعد الإشارة حيث لا   ترقّي ارتفاع وضع أوّل خطوتي

فما عالم إلّا بفضلي عالم   ولا ناطق في الكون إلّا بمدحتي

ولا غرو إن سدت الألى سبقوا وقد   تمسّكت من طه بأوثق عروة

عليها مجازيّ سلامي لأنّما   حقيقته منّي إليّ تحيّتي

وأطيب ما فيها وجدت بمبتدا   غرامي وقد أبدا بها كلّ نذرة

ظهوري وقد أخفيت حالي منشدا   بها طربا والحال غير خفيّة

وأوصاف ما تعزى إليه كم اصطفت   من الناس منسيا وأسماه أسمت
وأنت على ما أنت عني نازح   وليس الثريا بالثرى بقريبة
فطورك قد بلغته وبلغت فو   ق طورك حيث النفس لم تك ظنت
وحدك هذا عنده قف فعنه لو   تقدمت شيأ لاحترقت بجذوة
وقدري بحيث المرء يغبط دونه   سموا ولكن فوق قدرك غبطتي
وكل الورى أبناء آدم غير أنني   حزت صحو الجمع من بين إخوتي
فسمعي كليمي وقلبي منبأ   بأحمد رؤيا مقلة أحمدية
وروحي للأرواح روح وكل ما   ترى حسنا في الكون من فيض طينتي
فذر لي ما قبل الظهور عرفته   خصوصا وبي لم تدر في الذر رفقتي
فلا تسمني فيها مريدا فمن دعي   مرادا لها جذبا فقير لعصمتي
وألغ الكنى عني ولا تلغ ألكنا   بها فهي من آثار صيغة صنعتي
وعن لقبي بالعارف ارجع فإن تر   التنابز بالألقاب في الذكر تمقت
فأصغر أتباعي على عين قلبه   عرائس أبكار المعارف زفت
جنى ثمر العرفان من فرع فطنة   زكا باتباعي وهو من أصل فطرتي
فإن سيل عن معنى أتى بغرائب   عن الفهم جلت بل عن الوهم دقت

فلا تَعْشُ عن آثارِ سَيْرِي وَأخْشَ غَيْنَ إيثارِ غَيْري وَأغْشَ عَيْنَ طَرِيقتي

فؤادي وَلاها صاحِ صاحي الفؤادِ في وِلايةِ أمْري داخِلٌ تحتَ إمْرَتي

وَمُلْكُ مَعالي العِشقِ مُلْكي وجُنْديَ الْمَعاني وَكُلُّ العاشقين رَعيّتي

فتى الحُبِّ ها قد بِنْتُ عنهُ بحُكْمِ مَنْ يَراهُ حِجاباً فالهوى دونَ رُتْبتي

وَجاوَزْتُ حدَّ العشقِ فالحُبُّ كالقِلى وعن شأوِ مِعراجِ اتّحادي رِحلتي

فَطِبْ بالهوى نفساً فقد سُدْتَ أنفسَ الْعِبادِ من العُبّادِ في كُلِّ أمّةِ

وَفُزْ بالعُلى وافخرْ على ناسكٍ علا بظاهرِ أعمالٍ وَنفسٍ تزكّتِ

وَجُزْ مُثقَلاً لو خفَّ طَفَّ مُوكَّلاً بمنقولِ أحكامٍ وَمعقولِ حِكمةِ

وَحُزْ بالوَلا ميراثَ أرفعِ عارفٍ غدا همُّهُ إيثارَ تأثيرِ هِمّةِ

وَتِهْ ساحِباً بالسُّحْبِ أذيالَ عاشقٍ بوصلٍ على أعلى المجرّةِ جُرَّتِ

وَجُلْ في فنونِ الاتّحادِ ولا تَحِدْ إلى فئةٍ في غيرِهِ العُمْرَ أفنَتِ

فواحِدُهُ الجمُّ الغفيرُ وَمن غدا هُ شِرْذِمةٌ حُجّتْ بأبلغِ حُجّةِ

فمُتْ بمعناهُ وَعِشْ فيه أو فَمُتْ مُعَنّاهُ وَاتْبَعْ أمّةً فيه أمّتِ

فأنتَ بهذا المجدِ أجدرُ من أخي اجتهادٍ مُجِدٍّ عن رجاءٍ وَخيفةِ

وغيرُ عجيبٍ هزُّ عِطفيكَ دونَهُ بأمْنى وَأنهى لذّةٍ وَمسرّةِ

وجدت في التجريد عزمي تزهدا ... وآثرت في نسكي استجابة دعوتي
متى حلت عن قولي أنا هي أو أقل ... وحاشا لمثلي أنها في حلت
ولست على غيب أحيلك لا ولا ... على مستحيل موجب سلب حيلتي
وكيف وباسم الحق ظل تحققي ... تكون أراجيف الضلال مخيفتي
وها دحية وافى الأمين نبينا ... بصورته في بدء وحي النبوة
أجبريل قل لي كان دحية إذ بدا ... لمهدي الهدى في صورة بشرية
وفي علمه عن حاضريه مزية ... بماهية المرئي من غير مرية
يرى ملكا يوحي إليه وغيره ... يرى رجلا يدعى لديه لصحبة
ولي من أصح الرؤيتين إشارة ... تنزه عن رأي الحلول عقيدتي
وفي الذكر ذكر اللبس ليس بمنكر ... ولم أعد عن حكمي كتاب وسنة
منحتك علما إن ترد كشفه فرد ... سبيلي واشرع في اتباع شريعتي
فمنبع صدا من شراب نقيعه ... لدي فدعني من سراب بقيعة
ودونك بحرا خضته وقف الألى ... بساحله صونا لموضع حرمتي
ولا تقربوا مال اليتيم إشارة ... لكف يد صدت له إذ تصدت
وما نال شيئا منه غيري سوى فتى ... على قدمي في القبض والبسط ما فتي

فَكُلُّ فَتًى حُبٍّ أَنَا هُوَ وَهْيَ   حِبُّ كُلِّ فَتًى وَالْكُلُّ أَسْمَاءُ لُبْسَةِ

أَسَامٍ بِهَا كُنْتُ الْمُسَمَّى حَقِيقَةً   وَكُنْتُ لِيَ الْبَادِي بِنَفْسٍ تَخَفَّتِ

وَمَا زِلْتُ إِيَّاهَا وَإِيَّايَ لَمْ تَزَلْ   وَلَا فَرْقَ بَلْ ذَاتِي لِذَاتِي أَحَبَّتِ

وَلَيْسَ مَعِي فِي الْمُلْكِ شَيْءٌ سِوَايَ وَ   الْمَعِيَّةُ لَمْ تَخْطُرْ عَلَى أَلْمَعِيَّتِي

وَهَذِي يَدِي لَا أَنَّ نَفْسِي تَخَوَّفَتْ   سِوَايَ وَلَا غَيْرِي لِخَيْرِي تَرَجَّتِ

وَلَا ذُلَّ إِخْمَالٍ لِذِكْرِي تَوَقَّعَتْ   وَلَا عِزَّ إِقْبَالٍ لِشُكْرِي تَوَخَّتِ

وَلَكِنْ لِصَدِّ الضِّدِّ عَنْ طَعْنِهِ عَلَى   عُلَى أَوْلِيَائِي الْمُنْجِدِينَ بِنَجْدَتِي

رَجَعْتُ لِأَعْمَالِ الْعِبَادَةِ عَادَةً   وَأَعْدَدْتُ أَحْوَالَ الْإِرَادَةِ عُدَّتِي

وَعُدْتُ بِنُسْكِي بَعْدَ هَتْكِي وَعُدْتُ مِنْ   خَلَاعَةِ بَسْطِي لِانْقِبَاضٍ بِعِفَّةِ

وَصُمْتُ نَهَارِي رَغْبَةً فِي مَثُوبَةٍ   وَأَحْيَيْتُ لَيْلِي رَهْبَةً مِنْ عُقُوبَةِ

وَعَمَّرْتُ أَوْقَاتِي بِوِرْدٍ لِوَارِدٍ   وَصَمْتٍ لِسَمْتٍ وَاعْتِكَافٍ لِحُرْمَتِي

وَبِنْتُ عَنِ الْأَوْطَانِ هِجْرَانَ قَاطِعٍ   مُوَاصَلَةَ الْإِخْوَانِ وَاخْتَرْتُ عُزْلَتِي

وَدَقَّقْتُ فِكْرِي فِي الْحَلَالِ تَوَرُّعًا   وَرَاعَيْتُ فِي إِصْلَاحِ قُوتِيَ قُوَّتِي

وَأَنْفَقْتُ مِنْ يُسْرِ الْقَنَاعَةِ رَاضِيًا   مِنَ الْعَيْشِ فِي الدُّنْيَا بِأَيْسَرِ بُلْغَةِ

وَهَذَّبْتُ نَفْسِي بِالرِّيَاضَةِ ذَاهِبًا   إِلَى كَشْفِ مَا حُجْبُ الْعَوَائِدِ غَطَّتِ

بدت باحتجاب واختفت بمظاهر   على صبغ التلوين في كل برزة
ففي النشأة الأولى تراءت لآدم   بمظهر حوا قبل حكم الأمومة
فهام بها كيما يكون بها أبا   ويظهر بالزوجين حكم البنوة
وكان ابتدا حب المظاهر بعضها   لبعض ولا ضد يصد ببغضة
وما برحت تبدو وتخفى لعلة   على حسب الأوقات في كل حقبة
وتظهر للعشاق في كل مظهر   من اللبس في أشكال حسن بديعة
ففي مرة لبنى وأخرى بثينة   وآونة تدعى بعزة عزت
ولسن سواها لا ولا كن غيرها   وما إن لها في حسنها من شريكة
كذاك بحكم الاتحاد بحسنها   كما لي بدت في غيرها وتزيت
بدوت لها في كل صب متيم   بأي بديع حسنه وبأية
وليسوا بغيري في الهوى لتقدم   علي لسبق في الليالي القديمة
وما القوم غيري في هواي وإنما   ظهرت بهم للبس في كل هيئة
ففي مرة قيسا وأخرى كثيرا   وآونة أبدو جميل بثينة
تجليت فيهم ظاهرا واحتجبت با   طنا بهم فاعجب لكشف بسترة
وهن وهم لا وهن وهم مظاهر   لنا بتجلينا بحب ونضرة

أروح بفقد بالشهود مؤلفي … وأغدو بوجد بالوجود مشتتي

يفرقني لبي التزاما بمحضري … ويجمعني سلبي اصطلاما بغيبتي

أخال حضيضي الصحو والسكر معرجي … إليها ومحوي منتهى قاب سدرتي

فلما جلوت الغين عني اجتليتني … مفيقا ومني العين بالعين قرت

ومن فاقتي سكرا غنيت إفاقة … لدى فرقي الثاني فجمعي كوحدتي

فجاهد تشاهد فيك منك وراء ما … وصفت سكونا عن وجود سكينتي

فمن بعد ما جاهدت شاهدت مشهدي … وهادي لي إياي بل بي قدوتي

وبي موقفي لا بل إلي توجهي … كذاك صلاتي لي ومني ركعتي

فلا تك مفتونا بحسنك معجبا … بنفسك موقوفا على لبس غرة

وفارق ضلال الفرق فالجمع منتج … هدى فرقة بالاتحاد تحدت

وصرح بإطلاق الجمال ولا تقل … بتقييده ميلا لزخرف زينة

فكل مليح حسنه من جمالها … معار له بل حسن كل مليحة

بها قيس لبنى هام بل كل عاشق … كمجنون ليلى أو كثير عزة

فكل صبا منهم إلى وصف لبسها … بصورة حسن لاح في حسن صورة

وما ذاك إلا أن بدت بمظاهر … فظنوا سواها وهي فيها تجلت

فإن دُعيتْ كنتُ المجيبَ وإن أكن   منادىً أجابتْ من دعاني ولبَّتِ

وإن نطقتْ كنتُ المناجي كذاك إن   قصصتُ حديثاً إنما هي قصَّتِ

فقد رُفعتْ تاءُ المخاطَبِ بيننا   وفي رفعها عن فرقةِ الفرقِ رفعتي

فإن لم يُجوِّزْ رؤيةَ اثنين واحداً   حِجاكَ ولم يُثبِتْ لِبُعدٍ تثبُّتِ

سأجلو إشاراتٍ عليك خفيَّةً   بها كعباراتٍ لديك جليَّةِ

وأُعرِبُ عنها مُغرِباً حيث لاتَ حين لَبسٍ بتبيانَي سماعٍ ورؤيةِ

وأُثبِتُ بالبرهانِ قولي ضارباً   مثالَ مُحِقٍّ والحقيقةُ عُمدتي

بمتبوعةٍ يُنبيك في الصرعِ غيرُها   على فمها في مسِّها حيث جُنَّتِ

ومن لغةٍ تبدو بغيرِ لسانها   عليه براهينُ الأدلَّةِ صحَّتِ

وفي العلمِ حقاً أنَّ مُبدي غريبِ ما   سمعتَ سواها وهي في الحسِّ أبدتِ

فلو واحداً أمسيتَ أصبحتَ واجداً   منازلةً ما قلتُه عن حقيقةِ

ولكن على الشِّركِ الخفيِّ عكفتَ لو   عرفتَ بنفسٍ عن هُدى الحقِّ ضلَّتِ

وفي حبِّه من عزَّ توحيدُ حِبِّه   فبالشِّركِ يَصلى منه نارَ قطيعةِ

وما شانَ هذا الشأنَ منك سوى السِّوى   ودعواه حقاً عنك إن تُمحَ تثبتِ

كذا كنتُ حيناً قبل أن يُكشفَ الغِطا   من اللَّبسِ لا أنفكُّ عن ثَنَويَّةِ

٥

وأذهبت في تهذيبها كلّ لذّة   بإبعادها عن عادها فاطمأنّت
ولم يبق هول دونها ما ركبته   وأشهد نفسي فيه غير زكيّة
وكلّ مقام عن سلوك قطعته   عبوديّة حقّقتها بعبودة
وكنت بها صبّاً فلمّا تركت ما   أريد أرادتني لها وأحبّت
فصرت حبيباً بل محبّاً لنفسه   وليس كقول مرّ نفسي حبيبتي
خرجت بها عنّي إليها فلم أعد   إليّ ومثلي لا يقول برجعة
وأفردت نفسي عن خروجي تكرّماً   فلم أرضها من بعد ذاك لصحبتي
وغيّبت عن إفراد نفسي بحيث لا   يزاحمني إبداء وصف بحضرتي
وها أنا أبدي في اتّحادي مبدائي   وأنهي انتهائي في تواضع رفعتي
جلت في تجلّيها الوجود لناظري   ففي كلّ مرئيّ أراها برؤيتي
وأشهدت عيني إذ بدت فوجدتني   هنالك إيّاها بجلوة خلوتي
وطاح وجودي في شهودي وبنت عن   وجود شهودي ماحياً غير مثبت
وعانقت ما شاهدت في محو شاهدي   بمشهده للصحو من بعد سكرتي
ففي الصحو بعد المحو لم أك غيرها   وذاتي بذاتي إذ تجلّت تحلّت
فوصفي إذ لم تدع باثنين وصفها   وهيئتها إذ واحد نحن هيئتي

بذاك جرى شرط الهوى بين أهله   وطائفة بالعهد أوفت فوفّت
متى عصفت ريح الولا قصفت أخا   غناء ولو بالفقر هبّت لربّت
وأغنى يمين باليسار جزاؤها   مدى القطع ما للوصل في الحب مدّت
وأخلص لها واخلص بها من رعونة   افتقارك من أعمال برّ تزكّت
وعاد دواعي القيل والقال وانج من   عوادي دعاوٍ وصدقها قصد سمعة
فألسن من يُدعى بألسن عارف   وقد عبرت كل العبارات كلّت
وما عنه لم تفصح فإنك أهله   وأنت غريب عنه ما قلت فاصمت
وفي الصمت سمت عنده جاه مسكة   غدا عبده من ظنه خير مسكت
فكن بصرا وانظر وسمعا وعه وكن   لسانا وقل فالجمع أهدى طريقة
ولا تتبع من سوّلت نفسه له   فصارت له أمّارة واستمرّت
ودع ما عداها واعد نفسك فهي من   عداها وعذ منها بأحصن جنّة
فنفسي كانت قبل لوّامة متى   أطعها عصت أو أعص كانت مطيعتي
فأوردتها ما الموت أيسر بعضه   وأتعبتها كيما تكون مريحتي
فعادت ومهما حمّلته تحمّلت   منّي وإن خفّفت عنها تأذّت
وكلّفتها لا بل كفلت قيامها   بتكليفها حتى كلفت بكلفتي

وسمتها بالفقر لكن بوصفه — غنيت فألقيت افتقاري وثروتي

فأثبت لي إلقاء فقري والغنى — فضيلة قصدي فاطرحت فضيلتي

فلاح فلاحي في اطراحي فأصبحت — ثوابي لا شيئا سواها مثيبتي

وظلت بها لا بي عليها أدل من — به ضل عن سبل الهدى وهي دلت

فخل لها خلي مرادك معطيا — قيادك من نفس بها مطمئنة

وأمس خليا عن حظوظك واسم عن — حضيضك واثبت بعد ذلك تنبت

وسدد وقارب واعتصم واستقم لها — مجيبا إليها عن إنابة مخبت

وعد من قريب واستجب واجتنب غدا — أشمر عن ساق اجتهاد بنهضة

وكن صارما كالوقت فالمقت في عسى — وإياك علا فهي أخطر علة

وقم في رضاها واسع غير محاول — نشاطا ولا تخلد لعجز مفوت

وسر زمنا وانهض كسيرا فحظك الـ — ـبطالة ما أخرت عزما لصحة

وأقدم وقدم ما قعدت له مع الـ — ـخوالف واخرج عن قيود التلفت

وجذ بسيف العزم سوف فإن تجد — تجد نفسا فالنفس إن جدت جدت

وأقبل إليها واحجها مفلسا فقد — وصيت لنصحي إن قبلت وصيتي

فلم يدن منها موسر باجتهاده — وعنها به لم ينأ مؤثر عسرة

منحتُ ولاها يومَ لا يومَ قبلَ أنْ بدتْ لي عندَ العهدِ في أوّليّتي

فنلتُ ولاها لا بسمعٍ وناظرٍ ‏ ‏ ولا باكتسابٍ واجتلابِ جبلّةِ

وهِمتُ بها في عالمِ الأمرِ حيثُ لا ‏ ‏ ظهورٌ وكانتْ نشوتي قبلَ نشأتي

فأفنى الهوى ما لمْ يكنْ ثَمَّ باقيًا ‏ ‏ هنا منْ صفاتٍ بيننا فاضمحلّتِ

فألفيتُ ما ألقيتُ عنّي صادرًا ‏ ‏ إليَّ ومنّي واردًا بمزيدتي

وشاهدتُ نفسي بالصفاتِ التي بها ‏ ‏ تحجّبتُ عنّي في شهودي وحجبتي

وإنّي التي أحببتُها لا محالةً ‏ ‏ وكانتْ لها نفسي عليَّ محيلتي

فهامتْ بها منْ حيثُ لمْ تدرِ وهْيَ في ‏ ‏ شهودي بنفسِ الأمرِ غيرُ جهولةِ

وقدْ آنَ لي تفصيلُ ما قلتُ مجملًا ‏ ‏ وإجمالُ ما فصّلتُ بسطًا لبسطتي

أفادَ اتّخاذي حبّها لاتّحادنا ‏ ‏ نوادرَ عنْ عادِ المحبّينَ شذّتِ

يشي لي بيَ الواشي إليها ولائمي ‏ ‏ عليها بما يُبدي لديها نصيحتي

فأوسعُها شكرًا وما أسلفتْ قِلًى ‏ ‏ وتمنحني برًّا لصدقِ المحبّةِ

تقرّبتُ بالنفسِ احتسابًا لها ولمْ ‏ ‏ أكنْ راجيًا عنها ثوابًا فأدنتِ

وقدّمتُ مالي في مآلي عاجلًا ‏ ‏ وما إنْ عساها أنْ تكونَ منيلتي

وخلّفتُ خلفي رؤيتي ذاكَ مخلصًا ‏ ‏ ولستُ براضٍ أنْ تكونَ مطيّتي

نفى وَ سمعي في آثار زحمة ... عليها بدت عندي كإيثار رحمة

لساني إن أبدى إذا ما تلا اسمها ... له وصفه سمعي وما صمّ يصمّت

وأذني إن أهدى لساني ذكرها ... لقلبي ولم يستعبد الصمت صمّت

أغار عليها أن أهيم بحبّها ... وأعرف مقداري فأنكر غيرتي

فتختلس الروح ارتياحا لها وما ... أبرّي نفسي من توهّم منيتي

يراها على بعد عن العين مسمعي ... بطيف ملام زائر حين يقظتي

فيغبط طرفي مسمعي عند ذكرها ... وتحسد ما أفنته مني بقيتي

أممت إمامي في الحقيقة فالورى ... ورائي وكانت حيث وجّهت وجهتي

يراها أمامي في صلاتي ناظري ... ويشهدني قلبي إمام أئمّتي

ولا غرو إن صلّى الإمام إليّ أن ... ثوت بفؤادي وهي قبلة قبلتي

وكلّ الجهات الستّ نحوي توجّهت ... بما تمّ من نسك وحجّ وعمرة

لها صلواتي بالمقام أقيمها ... وأشهد فيها أنها لي صلّت

كلانا مصلّ واحد ساجد إلى ... حقيقته بالجمع في كلّ سجدة

وما كان لي صلّى سواي ولم تكن ... صلاتي لغيري في أدا كلّ ركعة

إلى كم أواخي الستر ها قد هتكته ... وحلّ أواخي الحجب في عقد بيعتي

كأنْ لمْ أكُنْ فيهمْ خطيراً ولمْ أزلْ   لديهمْ حقيراً في رخائي وشدّتي

فلو قيلَ مَنْ تهوى وصرّحتَ باسمِها   لقيلَ كنى أو مسّهُ طيفُ جِنّةِ

ولو عزّ فيها الذلُّ ما لذّ لي الهوى   ولمْ تكُ لولا الحبُّ في الذلِّ عزّتي

فحالي بها حالٍ بعقلِ مُدلَّهٍ   وصحّةِ مجهودٍ وعزِّ مذلّةِ

أسرّتْ تمنّي حبّها النفسُ حيثُ لا   رقيبَ حجىً سِرّاً لسرّي وخصّتِ

فأشفقتُ مِنْ سيرِ الحديثِ بسائري   فتُعربُ عنْ سرّي عبارةُ عبرتي

يغالطُ بعضي عنهُ بعضي صيانةً   ومَيني في إخفائهِ صدقُ لهجتي

ولمّا أبتْ إظهارَهُ لجوانحي   بديهةُ فكري صُنتُهُ عنْ رويّتي

وبالغتُ في كتمانهِ فنسيتُهُ   وأُنسيتُ كتمي ما إليهِ أسرّتِ

فإنْ أجنِ مِنْ غرسِ المنى ثمرَ العنا   فللّهِ نفسٌ في مُناها تعنّتِ

وأحلى أماني الحبِّ للنفسِ ما قضتْ   عناها بهِ مَنْ أذكرتْها وأنستِ

أقامتْ لها منّي عليّ مُراقباً   خواطرَ قلبي بالهوى إنْ ألمّتِ

فإنْ طرقتْ سِرّاً مِنَ الوهمِ خاطري   بلا حاظرٍ أطرقتُ إجلالَ هيبةِ

ويُطرفُ طرفي إنْ هممتُ بنظرةٍ   وإنْ بُسطتْ كفّي إلى البسطِ كُفّتِ

ففي كلِّ عضوٍ فيّ إقدامُ رغبةٍ   ومِنْ هيبةِ الإعظامِ إحجامُ رهبةِ

وإنّي إلى التّهديدِ بالموتِ راكنٌ   ومن هَولِهِ أركانُ غيري هُدّتِ

ولم تُعْفِني بالقتلِ نفسي بل لها   بهِ تُسعِفي إن أنتِ أتلفتِ مُهجتي

فإنْ صحّ هذا الفالُ منكِ رفعتِني   وأعليتِ مقداري وأغليتِ قيمتي

وها أنا مُستدعٍ قضاكِ وما بهِ   رضاكِ ولا أختارُ تأخيرَ مُدّتي

وعيدُكِ لي وعدٌ وإنجازُهُ مُنى   وليٌّ بغيرِ البُعدِ إنْ يُرْمَ يَثبُتِ

فقد صرتُ أرجو ما يُخافُ فأسعِدي   بهِ روحَ ميْتٍ للحياةِ استعدّتِ

وبي مَن بها نافستُ في الحبِّ سالكاً   سبيلَ الأُلى قبلي أبَوا غيرَ شِرعتي

بكلِّ قبيلٍ كم قتيلٍ قضى بها   أسًى لم يفُزْ يوماً إليها بنظرةِ

وكم في الورى مثلي أماتتْ صبابةً   ولو نظرتْ عطفاً إليهِ لأحيَتِ

إذا ما أحلّتْ في هواها دمي ففي   ذُرى العزِّ والعلياءِ قدري أحلّتِ

لعَمري وإنْ أتلفتُ عُمري بحبِّها   ربحتُ وإنْ أبلتْ حشايَ أبلّتِ

ذللتُ بها في الحيِّ حتّى وجدتُني   وأدنى منالٍ عندَهُم فوقَ همّتي

وأخملني وهْناً خضوعي لهُم فلم   يَرَوني هواناً بي محلّاً لخدمتي

ومن درجاتِ العزِّ أمسيتُ مُخلداً   إلى دركاتِ الذُّلِّ من بعدِ نخوتي

فلا بابَ لي يُغشى ولا جاهَ يُرتجى   ولا جارَ لي يُحمى لفقدِ حميّتي

ونهج سبيلي واضح لمن اهتدى　　ولكنها الأهواء عمت فأعمت
وقد آن أن أبدي هواك ومن به　　ضناك بما ينفي ادعاك محبتي
حليف غرام أنت لكن بنفسه　　وإبقاك وصفا منك بعض أدلتي
فلم تهوني ما لم تكن في فانيا　　ولم تفن ما لا تجتلي فيك صورتي
فدع عنك دعوى الحب وادع لغيره　　فؤادك وادفع عنك غيك بالتي
وجانب جناب الوصل هيهات لم يكن　　وها أنت حي إن تكن صادقا مت
هو الحب إن لم تقض لم تقض مأربا　　من الحب فاختر ذاك أو خل خلتي
فقلت لها روحي لديك وقبضها　　إليك ومن لي أن تكون بقبضتي
وما أنا بالشاني الوفاة على الهوى　　وشأني الوفا تأبى سواه سجيتي
وماذا عسى عني يقال سوى قضى　　فلان هوى من لي بذا وهو بغيتي
أجل أجلي أرضى انقضاه صبابة　　ولا وصل إن صحت لحبك نسبتي
وإن لم أفز حقا إليك بنسبة　　لعزتها حسبي افتخاري بتهمتي
ودون اتهامي إن قضيت أسى فما　　أسأت بنفس بالشهادة سرت
ولي منك كاف إن هدرت دمي ولم　　أعد شهيدا علم داعي منيتي
ولم تسو روحي في وصالك بذلها　　لدي لبون بين صون وبذلة

فمن شاء فليغضب سواك فلا أذى　　إذا رضيت عني كرام عشيرتي

وإن فتن الناس بعض محاسن　　لديك فكل منك موضع فتنتي

وما اخترت حتى اخترت حبيك مذهبا　　فوا حيرتي لو لم تكن فيك حيرتي

فقالت هوى غيري قصدت ودونه　　اقتصدت عميا عن سواء محجتي

وغرك حتى قلت ما قلت لابسا　　به شين مين لبس نفس تمنت

وفي أنفس الأوطار أمسيت طامعا　　بنفس تعدت طورها فتعدت

وكيف بحبي وهو أحسن خلة　　تفوز بدعوى وهي أقبح خلة

وأين السها من أكمه عن مراده　　سها عمها لكن أمانيك غرت

فقمت مقاما حط قدرك دونه　　على قدم عن حظها ما تخطت

ورمت مراما دونه كم تطاولت　　بأعناقها قوم إليه فجذت

أتيت بيوتا لم تنل من ظهورها　　وأبوابها عن قرع مثلك سدت

وبين يدي نجواك قدمت زخرفا　　تروم به عزا مراميه عزت

وجئت بوجه أبيض غير مسقط　　بجاهك في داريك خاطب صفوتي

ولو كنت بي من نقطة الباء خفضة　　رفعت إلى ما لم تنله بحيلة

بحيث ترى أن لا ترى ما عددته　　وأن الذي أعددته غير عدة

ولو خطرت لي في سواك إرادة … على خاطري سهواً قضيت بردتي
لك الحكم في أمري فما شئت فاصنعي … فلم تك إلا فيك لا عنك رغبتي
ومحكم حب لم يخامره بيننا … تخيل نسخ وهو خير ألية
وأخذك ميثاق الولا حيث لم أبن … بمظهر لبس النفس في فيء طينتي
وسابق عهد لم يحل مذ عهدته … ولاحق عقد جل عن حل فترة
ومطلع أنوار بطلعتك التي … لبهجتها كل البدور استسرت
ووصف كمال فيك أحسن صورة … وأقومها في الخلق منه استمدت
ونعت جلال منك يعذب دونه … عذابي وتحلو عنده لي قتلتي
وسر جمال عنك كل ملاحة … به ظهرت في العالمين وتمت
وحسن به تسبى النهى دلني على … هوى حسنت فيه لعزك ذلتي
ومعنى وراء الحسن فيك شهدته … به دق عن إدراك عين بصيرتي
لأنت منى قلبي وغاية بغيتي … وأنهى مرادي واختياري وخيرتي
وخلع عذاري فيك فرضي وإن أبى … اقترابي قومي والخلاعة سنتي
وليسوا بقومي ما استعابوا تهتكي … فأبدوا قلى واستحسنوا فيك جفوتي
وأهلي في دين الهوى أهله وقد … رضوا لي عاري واستطابوا فضيحتي

أُرانِي ما أُولِيتُهُ خَيرَ قِنيَةٍ   قَدِيمُ وَلائِي فِيكَ مِنْ شَرِّ فِتيَةِ

فَلاحٍ وَوَاشٍ ذاكَ يَهْدِي لِعِزَّةٍ   ضَلالاً وَذا بِي ظَلَّ يَهْدِي لِغَيرَةِ

أُخالِفُ ذا فِي لَومِهِ عَنْ تُقًى كَما   أُخالِفُ ذا فِي لُؤْمِهِ عَنْ تَقِيَّةِ

وَما رَدَّ وَجْهِي عَنْ سَبِيلِكَ هَوْلُ ما   لَقِيتُ وَلا ضَرّاءُ فِي ذاكَ مَسَّتِ

وَلا حِلْمَ لِي فِي حَمْلِ ما فِيكَ نالَنِي   يُؤَدِّي لِحَمْدِي أَوْ لِمَدْحِ مَوَدَّتِي

قَضَى حُسْنُكَ الدّاعِي إِلَيكَ احْتِمالَ ما   قَصَصْتُ وَأَقْصَى بُعْدِ ما بَعْدَ قِصَّتِي

وَما هُوَ إِلّا أَنْ ظَهَرْتَ لِناظِرِي   بِأَكْمَلِ أَوصافٍ عَلَى الحُسْنِ أَرْبَتِ

فَحَلَّيتَ لِي البَلْوَى فَخَلَّيتُ بَيْنَها   وَبَيْنِي فَكانَتْ مِنْكَ أَجْمَلَ زِينَةِ

وَمَنْ يَتَحَرَّشْ بِالجَمالِ إِلَى الرَّدَى   أَرَى نَفْسَهُ مِنْ أَنْفَسِ العَيشِ رُدَّتِ

وَنَفْسٌ تَرَى فِي الحُبِّ أَنْ لا تَرَى عَنًا   مَتَى ما تَصَدَّتْ لِلصَّبابَةِ صُدَّتِ

وَما ظَفِرَتْ بِالوُدِّ رُوحٌ مُراحَةٌ   وَلا بِالوَلا نَفْسٌ صَفا العَيشِ وُدَّتِ

وَأَيْنَ الصَّفا هَيهاتَ مِنْ عَيشِ عاشِقٍ   وَجَنَّةُ عَدْنٍ بِالمَكارِهِ حُفَّتِ

وَلِي نَفْسُ حُرٍّ لَوْ بَذَلْتَ لَها عَلَى   تَسَلِّيكَ ما فَوقَ المُنَى ما تَسَلَّتِ

وَلَوْ أُبْعِدَتْ بِالصَّدِّ وَالهَجْرِ وَالقِلَى   وَقَطْعِ الرَّجا عَنْ خُلَّتِي ما تَخَلَّتِ

وَعَنْ مَذْهَبِي فِي الحُبِّ ما لِي مَذْهَبٌ   وَإِنْ مِلْتُ يَوماً عَنْهُ فارَقْتُ مِلَّتِي

وأسكتُّ عجزاً عن أمورٍ كثيرةٍ … بنطقي لن تحصى ولو قلتُ قلّتِ
شفائيَ أشفى بل قضى الوجدُ أن قضى … وبردُ غليلي واجدٌ حرَّ غُلّتي
وباليَ أبلى من ثيابِ تجلّدي … بلِ الذاتُ في الإعدامِ نِيطت بلذّتي
فلو كوشف العوّادُ بي وتحقّقوا … من اللوحِ ما منّي الصبابةُ أبقتِ
لما شاهدت منّي بصائرُهم سوى … تخلّلِ روحٍ بين أثوابِ ميّتِ
ومنذ عفا رسمي وهِمتُ وهَمتُ في … وجودي فلم تظفر بكوني فكرتي
وبعدُ فحالي فيك قامت بنفسها … وبيّنتي في سبقِ روحي بنيّتي
ولم أحكِ في حبّيك حالي تبرّماً … بها لاضطرابٍ بل لتنفيسِ كربتي
ويحسنُ إظهارُ التجلّدِ للعدى … ويقبحُ غيرُ العجزِ عند الأحبّةِ
ويمنعني شكوايَ حسنُ تصبّري … ولو أشكُ ما بي للأعادي لأشمتِ
وعقبى اصطباري في هواكِ حميدةٌ … عليكِ ولكن عنكِ غيرُ حميدةِ
وما حلّ بي من محنةٍ فهي منحةٌ … وقد سلمت من حلِّ عقدٍ عزيمتي
فكلُّ أذًى في الحبِّ منكِ إذا بدا … جعلتُ له شكري مكانَ شكيّتي
نعم وتباريحُ الصبابةِ إن عدت … عليَّ من النعماءِ في الحبِّ عُدّتِ
ومنكِ شقائي بل بلائي منّةٌ … وفيكِ لباسُ البؤسِ أسبغُ نعمةِ

فنادمت في شكوى النحول مراقبي بجملة أسراري وتفصيل سيرتي
ظهرت له معنى وذاتي بحيث لا يراها لبلوى من جوى الحب أبلت
فأبدت ولم ينطق لساني لسمعه هواجس نفسي سر ما عنه أخفت
وظلت لفكري أذنه خلدا بها يدور به عن رؤية العين أغنت
فأخبر من في الحي عني ظاهرا بباطن أمري وهو من أهل خبرتي
كأن الكرام الكاتبين تنزلوا على قلبه وحيا بما في صحيفتي
وما كان يدري ما أجن وما الذي حشاي من السر المصون أكنت
فكشف حجاب الجسم أبرز سر ما به كان مستورا له من سريرتي
فكنت بسري عنه في خفية وقد خفته لوهن من نحولي أنتي
فأظهرني سقم به كنت خافيا له والهوى يأتي بكل غريبة
وأفرط بي ضر تلاشت لمسه أحاديث نفس كالمدامع نمت
فلو هم مكروه الردى بي لما درى مكاني ومن إخفاء حبك خفيتي
وما بين شوق واشتياق فنيت في تول بحظر أو تجل بحضرة
فلو لفنائي من فنائك رد لي فؤادي لم يرغب إلى دار غربة
وعنوان شأني ما أبثك بعضه وما تحته إظهاره فوق قدرتي

وأبثثتُها ما بي ولم يكُ حاضري   رقيبٌ لها حظٌّ بخلوةِ جلوتي

وقلتُ وحالي بالصبابةِ شاهدٌ   ووجدي بها ماحِيَّ والفقدُ مُثبتي

هبي قبلَ يُفني الحبُّ مني بقيّةً   أراكِ بها لي نظرةَ المتلفِّتِ

ومُنّي على سمعي بلن إن منعتِ أن   أراكِ فمِن قبلي لغيري لذّتِ

فعندي لسكري فاقةٌ لإفاقةٍ   لها كبدي لولا الهوى لم تفتّتِ

وفي صعقِ دكِّ الحسِّ خرّت إفاقةٌ   إلى النفسِ قبلَ التوبةِ الموسويّةِ

ولو أنَّ ما بي بالجبالِ وكان طو   رُ سينا بها قبلَ التجلّي لدُكّتِ

هوى عبرةٌ نمّت به وجوى نمت   به حُرَقٌ أدواؤها بي أودَتِ

فطوفانُ نوحٍ عندَ نوحي كأدمعي   وإيقادُ نيرانِ الخليلِ كلوعتي

فلولا زفيري أغرقتني أدمعي   ولولا دموعي أحرقتني زفرتي

وحزني ما يعقوبُ بثَّ أقلَّه   وكلُّ بلا أيوبَ بعضُ بليّتي

وآخرُ ما لاقى الأُلى عشقوا إلى   الرَّدى بعضُ ما لاقيتُ أوّلَ محنتي

فلو سمعت أذنُ الدليلِ تأوّهي   لآلامِ أسقامٍ بجسمي أضرّتِ

لأذكرَه كربي أذى عيشِ أزمةٍ   بمنقطعي ركبٍ إذِ العيسُ زُمّتِ

وقد برّحَ التبريحُ بي وأبادني   وأبدى الضنا مني خفيَّ حقيقتي

١٠

سقتني حميّا الحبّ راحةُ مقلتي … وكأسي محيّا مَن عن الحسن جلّتِ

فأوهمتُ صحبي أنّ شربَ شرابهم … به سُرّ سرّي في انتشائي بنظرتي

وبالحدقِ استغنيتُ عن قدحي ومن … شمائلها لا من شمولي نشوتي

ففي حانِ سُكري حانَ شُكري لفتيةٍ … بهم تمّ لي كتمُ الهوى مع شهرتي

ولمّا انقضى صحوي تقاضيتُ وصلها … ولم يغشني في بسطها قبضُ خشيتي

التائية
لابن الفارض

Zeitfracht Medien GmbH
Ferdinand-Jühlke-Straße 7
99095 Erfurt, Deutschland
produktsicherheit@kolibri360.de